Cupcakes et claquettes

Catalogage avant publication de Bibliothèque et Archives nationales du Québec et Bibliothèque et Archives Canada

Rondeau, Sophie, 1977-

   Cupcakes et claquettes

   Sommaire: 5. Sans flafla.
   Pour les jeunes de 9 ans et plus.

   ISBN 978-2-89723-637-3 (vol. 5)

   I. Rondeau, Sophie, 1977- . Sans flafla. II. Titre. III. Titre: Sans flafla.

PS8635.O52C86 2013   jC843'.6   C2012-942406-4
PS9635.O52C86 2013

Les Éditions Hurtubise bénéficient du soutien financier du gouvernement du Québec par l'entremise du programme de crédit d'impôt pour l'édition de livres et de la Société de développement des entreprises culturelles du Québec (SODEC). L'éditeur remercie également le Conseil des arts du Canada de l'aide accordée à son programme de publication.

Financé par le gouvernement du Canada
Funded by the Government of Canada | Canadä

Illustration de la couverture: Géraldine Charette
Graphisme: René St-Amand
Mise en pages: Martel en-tête

Copyright © 2015, Éditions Hurtubise inc.

ISBN 978-2-89723-637-3 (version imprimée)
ISBN 978-2-89723-638-0 (version numérique pdf)
ISBN 978-2-89723-639-7 (version numérique ePub)

Dépôt légal: 4e trimestre 2015

Bibliothèque et Archives nationales du Québec
Bibliothèque et Archives Canada

Diffusion-distribution au Canada: Diffusion-distribution en Europe:
Distribution HMH   Librairie du Québec/DNM
1815, avenue De Lorimier   30, rue Gay-Lussac
Montréal (Québec) H2K 3W6   75005 Paris FRANCE
www.distributionhmh.com   www.librairieduquebec.fr

Imprimé au Canada
www.editionshurtubise.com

Sophie Rondeau

Cupcakes et claquettes

5. Sans flafla

Hurtubise

De la même auteure

Série *CUPCAKES ET CLAQUETTES*

Tome 1, Loin de toi, roman, Montréal, Hurtubise, 2013.

Tome 2, L'amour est un caramel dur, roman, Montréal, Hurtubise, 2013.

Tome 3, Pincez-moi quelqu'un !, roman, Montréal, Hurtubise, 2014.

Tome 4, Le cœur dans les nuages, roman, Montréal, Hurtubise, 2015.

Série *DESTINATION MONSTROVILLE*

Tome 1, Moche Café (coécrit avec Nadine Descheneaux), roman, Montréal, Éditions Druide, 2013.

Tome 2, Le salon de décoiffure, roman, Montréal, Éditions Druide, 2014.

Série *ADRIEN ROSSIGNOL*

Tome 1, Une enquête tirée par les cheveux, roman, Montréal, Éditions de la courte échelle, 2013.

Tome 2, Un rossignol à l'opéra, roman, Montréal, Éditions de la courte échelle, 2013.

Malédiction au manoir, (collectif), recueil de nouvelles, Saint-Lambert, Éditions Dominique et compagnie, 2014.

Non, petits gourmands ! (coécrit avec Nadine Descheneaux), album, Montréal, Éditions du Renouveau pédagogique, 2012.

La Fée Chaussette, album, Montréal, Éditions Imagine, 2011.

La Collation de Barbo (coécrit avec Nadine Descheneaux), album, Montréal, Éditions du Renouveau pédagogique, 2011.

Violette à bicyclette, roman, Gatineau, Éditions Vents d'Ouest, 2010.

Papa a peur des monstres, album, Montréal, Éditions Imagine, 2009.

Étienne-la-bougeotte, album, Montréal, Éditions du Renouveau pédagogique, 2009.

Louka cent peurs, roman, Gatineau, Éditions Vents d'Ouest, 2009.

Simone la Démone cherche cœur de pirate, roman, Rosemère, Éditions Pierre Tisseyre, 2009.

La deuxième vie d'Anaïs, roman, Gatineau, Éditions Vents d'Ouest, 2009.

Simone la Démone des sept mers, roman, Rosemère, Éditions Pierre Tisseyre, 2008.

Ton nez, Justin !, album, Montréal, Éditions du Renouveau pédagogique, 2008.

La Course aux œufs, roman, Montréal, Éditions du Renouveau pédagogique, 2007.

Quels drôles d'orteils ! (coécrit avec Nadine Descheneaux), album, Montréal, Éditions du Renouveau pédagogique, 2007.

Le père Noël ne viendra pas, album, Montréal, Éditions du Renouveau pédagogique, 2006.

Le Serment d'Ysabeau, roman, Rosemère, Joey Cornu Éditeur, 2004.

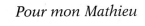

Pour mon Mathieu

Lili

25 juin

Hier, c'était un vrai déluge. On n'a même pas pu aller voir le spectacle et le grand feu de la Saint-Jean-Baptiste. On est restées à la maison et on a mangé des chips en écoutant des chansons québécoises. Ce n'est pas que la compagnie de Beau Dommage, Cœur de pirate, Alex Nevsky et Loco Locass soit déplaisante, mais j'aurais aimé célébrer la fête des Québécois d'une manière plus... festive.

D'habitude, c'est aussi l'occasion de souligner le début des vacances. Là, l'école est bel et bien terminée, mais je suis enfermée chez moi parce qu'il pleut ENCORE. J'ai envie de sortir, bronzer, faire du vélo, me baigner. Je suis en manque de soleil! Je regarde les grosses gouttes de pluie qui ruissellent sur la fenêtre de ma chambre et je déprime.

— Tu veux un biscuit ? Ou deux si tu préfères, ils ne sont pas bien gros, m'offre ma sœur en traversant de mon côté de la chambre.

Pour Clara, c'est facile : dès qu'elle mange quelque chose de sucré, elle est heureuse. Elle pense que cela me fera le même effet. Mais ce n'est pas aussi simple…

— Non merci, je n'ai pas faim.

— Moi non plus, mais j'en mange quand même !

Elle engloutit son biscuit aux brisures de chocolat d'une seule bouchée et retourne se blottir dans son lit pour lire. Ah ! Si j'aimais autant les livres qu'elle, je serais sûrement moins démoralisée.

Je prends une revue sur mon bureau et je la feuillette négligemment. Je n'ai même pas le goût de m'inspirer des tenues de mannequins pour dessiner des robes.

Tout à coup, je m'arrête sur une page dans la partie décoration. C'est une section sur laquelle je passe habituellement très vite, car il y a rarement des choses qui m'intéressent. Là, il y a tout un dossier intitulé « Comment oser le rose ». On y montre plusieurs photos de pièces peintes de cette couleur, dont la chambre d'une adolescente. Cette chambre est tout simplement ravissante ! Blanche et rose fuchsia, avec des motifs carrés orange et vert pâle, elle s'agence à un couvre-lit dans les mêmes couleurs.

Trois gros coussins poilus sont disposés sur le lit. Les rideaux sont faits de plusieurs tissus dans les mêmes teintes que les murs et le couvre-lit. Le moins qu'on puisse dire, c'est que ça flashe! C'est décidé, je veux une chambre pareille à celle-ci!

Je prends la revue et je passe du côté de chez ma sœur. Elle est tellement absorbée dans sa lecture qu'elle ne remarque même pas que je suis là. Je soupire et lui arrache son roman des mains.

— Hey! Doucement, c'est la mère d'Étienne qui me l'a prêté!

Je lui tends son livre. Je n'en ai pas besoin, tout ce que je voulais, c'était attirer son attention.

— Clara, qu'est-ce que tu dirais d'un peu de changement?

Elle hausse un sourcil.

— Je ne sais pas…

— Je ne te parle pas de déménager en Chine ou de changer d'école. J'aimerais qu'on repeigne notre chambre.

Clara regarde autour d'elle.

— Je l'aime bien notre chambre, moi. Je ne vois pas pourquoi on la changerait.

Ah! Je ne sais pas si je vais réussir à la convaincre.

— Elle est de la même couleur depuis… je ne sais plus quand! Tu n'es pas tannée du lilas?

Le mur est tout grafigné derrière le bureau et il y a des petits trous près de mon lit.

— Je te ferai remarquer que c'est toi qui les as faits, ces petits trous !

— J'avais huit ans !

Elle sourit. Elle a fait exprès de me taquiner pour me faire fâcher. Ma sœur me connaît très bien !

— Regarde, je viens de tomber là-dessus. Ce serait super beau dans notre chambre. Dis oui, dis oui, dis oui !

Clara prend la revue et regarde attentivement la photo. Elle n'a pas l'air aussi enthousiaste que moi.

— Ce n'est pas laid…

— Allez, ça ferait changement et ça nous occuperait surtout ! Je n'en peux plus de tourner en rond. J'ai besoin d'un nouveau défi.

— Même si j'accepte, maman ne voudra jamais.

— J'irai voir papa, alors !

Elle me regarde avec de gros yeux, puis je vois ses épaules s'affaisser, comme si elle se résignait.

— D'accord, mais tu dois convaincre les parents avant. Et je ne veux pas faire le découpage !

L'année dernière, nous avons aidé nos parents à peindre le sous-sol et Clara a ragé comme jamais en découpant les cadres de porte et les moulures. Son pinceau allait tout croche et plus elle s'acharnait, pire c'était. Papa a fini par se fâcher et lui a dit de s'occuper de Violette, notre petite sœur, au lieu de l'ennuyer avec ses jérémiades. Je peux très bien comprendre qu'elle n'ait pas envie de répéter l'expérience. Je vais le faire. C'est un tout petit sacrifice pour avoir la chambre de mes rêves !

— Marché conclu !

Lili

Mes parents m'ont surprise. Quand je leur ai montré la photo de la revue et expliqué ce que je voulais faire, ils ont dit oui presque tout de suite.

— C'est vrai que la couleur a besoin d'être rafraîchie, a admis maman.

— Il y a justement un rabais sur la peinture à la quincaillerie cette semaine, a ajouté papa.

Il est allé chercher la circulaire, ils ont regardé les prix et m'ont officiellement dit qu'ils acceptaient. Une heure plus tard, la peinture, les pinceaux et les rouleaux étaient achetés et j'étais prête à étendre les bâches sur nos meubles. Le moins qu'on puisse dire, c'est que Clara en a été déstabilisée!

Depuis, notre chambre a l'air d'un chantier de construction... C'est long! Je ne pensais jamais que peindre une chambre prendrait autant de temps.

Tout d'abord, il a fallu mettre du ruban à masquer pour définir les côtés du grand rectangle rose fuchsia et des petits carrés colorés. Papa m'a aidée avec une grande équerre et son ruban à mesurer. Ce n'est qu'à six heures que nous avons enfin fini. En plein l'heure du souper! Je me suis dépêchée de manger et j'ai commencé la peinture. Clara n'était pas aussi empressée que moi. Quand je suis montée à l'étage, elle n'avait pas encore fini son dessert... ou plutôt son deuxième dessert! Une chance qu'elle s'est rattrapée plus tard en soirée parce que j'aurais été découragée. Ce soir-là, nous avons dormi au sous-sol, car l'odeur de peinture était trop incommodante. C'était aussi super humide, il y avait même de la buée dans les vitres!

Hier, nous avons travaillé toute la journée, et aujourd'hui aussi. Je n'ai même pas eu l'occasion de voir le mauvais temps qu'il faisait dehors. Je viens à peine de terminer la troisième couche de rose fuchsia et j'ai l'impression que nous n'en aurons pas besoin d'une autre. Fiou! J'ai le bras en compote... mais une chambre sensationnelle! Je crois que ma sœur, même si elle n'avait pas l'air très motivée, est du même avis que moi.

—Tu avais raison, Lili, c'est super beau cette couleur. Un petit chocolat pour nous récompenser? me propose-t-elle.

Assises en indien au milieu de la pièce, nous contemplons notre travail.

On s'en est bien tirées!

Maman cogne doucement à la porte. Elle a les bras chargés de deux immenses sacs.

—Tant qu'à changer la couleur des murs, il faudrait aussi changer les couvre-lits et les rideaux…

Elle nous tend un sac à chacune. J'ouvre le mien et j'en sors une couverture blanche avec de petites fleurs roses. Celle de Clara est identique, mais la couverture est rose et les fleurs sont blanches. Nous avons même chacune un coussin pour décorer notre lit. Il est tout doux! Dans le fond de mon sac, je trouve également un emballage de rideaux en voile pour la fenêtre. Je ne sais pas comment maman a fait pour dénicher tout ça aussi rapidement. Les couleurs s'agencent à merveille avec la peinture. Ce n'est pas tout à fait comme dans la revue, c'est encore mieux! Ah, j'ai tellement hâte de dormir dans ma «nouvelle» chambre! Je vais me sentir comme une vedette!

Clara

1er juillet

J'aime bien les nouvelles couleurs de notre chambre. Et je vais avoir l'occasion de les admirer longtemps… J'ai été privée de sortie jusqu'au 15. Encore deux semaines. Pas de visite chez Étienne ni chez Clémentine et aucune soirée à la maison des jeunes. J'ai le droit de voir Étienne seulement un après-midi par semaine, ici. L'ordinateur de notre chambre nous a été confisqué, au grand dam de Lili. Elle doit maintenant demander la permission de papa ou de maman pour aller sur Facebook, sur leur portable. Pour moi, pas d'ordi du tout.

Je trouve que mes parents y vont un peu fort. Je n'ai pas pris de drogue, je n'ai rien fait d'illégal. Je suis juste sortie en cachette une nuit de pleine lune avec mon amoureux. On s'est étendus sur une couverture, on a regardé le ciel et on a jasé en se tenant la main. Quand je suis rentrée de notre virée nocturne, et que j'ai constaté que maman m'attendait dans la cuisine, mon cœur a bondi dans ma poitrine. Étonnamment, elle ne m'a pas réprimandée immédiatement. Elle m'a demandé où j'étais et ensuite, elle m'a juste dit: «Va te coucher, on en reparle demain matin avec ton père.»

J'aurais préféré qu'elle me chicane tout de suite pour que ce soit fini une fois pour toutes, mais au contraire, elle a fait durer le supplice. Je n'ai presque pas dormi cette nuit-là. J'étais trop énervée. J'ai failli réveiller Lili, mais je me suis ravisée. À quoi ça aurait servi? Je l'aurais stressée pour rien et elle aurait été incapable de se rendormir. Le lendemain matin, je lui ai expliqué que maman m'avait prise sur le fait et elle m'a reproché de ne pas l'avoir réveillée:

—On aurait pu en parler. Je t'aurais écoutée.

—Il n'y avait rien à dire. Je me suis fait prendre, c'est tout.

Elle m'a flatté le dos doucement.

—Est-ce que ça en valait la peine, au moins?

Je n'ai pas réfléchi longtemps.

—Oh oui. Je ne savais pas qu'enfreindre l'interdit était aussi électrisant!

—Fais attention, tu pourrais y prendre goût!

Depuis cette nuit-là, on dirait que maman me boude. Elle me parle moins et ne me confie plus des tâches importantes comme m'occuper de Violette. Elle demande toujours à Lili. C'est si flagrant que ma sœur a remarqué aussi. C'est comme si maman m'en voulait de lui avoir menti. Elle doit voir ça comme une sorte de trahison...

Je ne lui ai pas menti, je lui ai juste caché que je sortais toute seule avec Étienne... la nuit. Si je le lui avais demandé, elle aurait dit non. J'avais vraiment envie d'y aller et j'étais certaine de ne pas me faire prendre. J'ai compris que maman avait été réveillée cette nuit-là par les pleurs de Violette qui s'était coincé une jambe entre les barreaux de son lit. C'est en passant devant ma chambre que maman avait constaté mon absence.

Papa n'a pas eu l'air très fâché de ma petite excursion nocturne. On aurait même dit que ça l'amusait. Il avait ce sourire en coin qu'il a parfois quand Germaine, notre vieille voisine (un peu fatigante), se plaint à qui veut l'entendre que le camelot a mal enroulé son journal ou que le chasse-neige a fait exprès pour pousser plus de neige chez elle que chez nous. Je suis sûre que papa a fait bien pire quand il était jeune. Maman aussi sûrement, mais elle ne s'en vantera pas.

Pour passer le temps, on m'a permis d'aller à la bibliothèque et j'ai fait une razzia de livres. J'ai même pris la carte de Lili pour en emprunter encore plus. Tant qu'à être en punition, autant tenter d'oublier ma solitude dans la lecture. J'ai emprunté un livre de Fred Vargas, de Rose-Line Brasset, de Marie Potvin, de Pierre Szalowski, d'Agatha Christie, de Martin Michaud et même de Shakespeare (en français, par contre!) pour ne nommer que ceux-là. Je touche un peu à tout. En lecture, j'ai des goûts diversifiés. J'y vais selon mes envies ou les recommandations de la bibliothécaire que je commence à bien connaître.

Bon, je suis punie, mais je ne suis pas en prison non plus. Je parle à Étienne tous les jours au téléphone. Et on s'écrit des lettres, comme dans l'ancien temps. Ça m'occupe.

Clara

3 juillet

Lili entre en trombe dans notre chambre alors que je suis plongée dans *Les Trois Mousquetaires*.

— Ton bulletin est arrivé ! Maman est en train d'ouvrir l'enveloppe !

— Pour vrai ? Mon bulletin ?

Hou là là ! Je l'avais complètement oublié, celui-là. Je descends au rez-de-chaussée avec ma sœur sur les talons. J'enjambe la montagne de cubes avec lesquels joue Violette et je rejoins maman à la cuisine.

— Et puis ? Ça a l'air de quoi ?

Maman lève la tête et me fait signe d'attendre un peu. J'essaie de garder mon calme, mais c'est mon bulletin, je veux le voir ! Il me semble que je devrais avoir priorité, quand même. Lorsqu'elle a fini de le lire, elle me tend la longue feuille de papier avec un sourire. C'est le premier qu'elle m'adresse depuis fort longtemps.

Je survole mes notes rapidement : 78 %, 81 %, 80 %, 74 %, je tourne la page, 77 %, 85 %, 90 % (en français !) et 69 %. J'ai réussi à me rattraper dans toutes les matières ! Mon résultat le plus faible est en sciences. Il va falloir que je mette les bouchées doubles l'an prochain, mais ça ne me fait pas peur. J'aimerais tellement être dans la même classe qu'Étienne ! Je travaille bien avec lui... quand on travaille. C'est vrai qu'on avait souvent tendance à oublier nos devoirs pour parler de poésie et de notre fin de semaine...

—Bravo, Clara, je suis fière de toi. Voici des notes qui te ressemblent plus ! Ton père sera sûrement aussi content que moi lorsqu'il verra ton bulletin.

Lili en profite pour intervenir.

—Ça mérite un petit spécial, non ?

Je regarde maman, pleine d'espoir. Elle plisse les yeux, l'air sévère.

—Jusqu'au 15 juillet, j'ai dit.

Lili semble aussi déçue que moi. Mais elle n'a pas dit son dernier mot :

—OK, mais elle pourrait faire un gâteau pour célébrer son beau bulletin. Ce serait déjà ça de pris, non ?

—D'accord pour le gâteau, concède maman.

Lorsqu'elle sort de la pièce pour aller voir Violette au salon, je reste seule avec ma sœur.

— Merci quand même. Un gâteau, c'est mieux que rien. J'y mettrai plein de crémage, ça sera ma récompense!

— C'est super poche. Je ne comprends pas que maman soit aussi stricte. Elle n'est pas comme ça d'habitude. Plus d'un mois sans sortie, c'est beaucoup trop long.

— Je pense qu'elle veut me passer un message clair. Et à toi aussi. "Ne fais pas comme ta sœur, ou tu subiras les mêmes conséquences!" dis-je avec une voix caverneuse à l'oreille de Lili.

Ma sœur trouve ma réplique drôle, même si elle l'est plus ou moins. Je suis une humoriste pitoyable. Revenant au sujet initial, j'ajoute:

— Alors, je fais quoi comme gâteau?

— C'est toi qui décides. C'est ton bulletin et c'est toi la cuisinière!

— Hum... Avant que maman m'interdise l'accès à l'ordinateur, j'avais vu une recette de gâteau au fromage et aux fraises avec une croûte de bretzels.

— Ha! Toi et tes recettes bizarres!

— Ne ris pas, le sucré-salé, ça peut être super bon.

— Je ne ris pas, je suis seulement surprise par tes idées. Tu m'étonneras toujours.

—J'avais imprimé la recette, je vais aller la chercher dans la chambre.

Tandis que je redescends à la cuisine, le téléphone sonne. Lili répond.

—Oh, c'est plate!... Oui, je comprends... Ah! Merci!

Mais à qui parle-t-elle? Ça ne semble pas être à une de ses amies. Elle se force pour bien parler, alors ce doit être à un adulte.

Je commence à rassembler les ingrédients toujours sans lactose qu'il me faut pour ma recette. Malheureusement, ce n'est pas un dessert qui comprend du crémage, mais je vais me rattraper avec les fraises!

—Euh... Je pense que oui, mais... est-ce que tu me laisses une heure ou deux pour y réfléchir? Il faut aussi que j'en parle à mes parents... D'accord, je viens te voir plus tard... À tantôt.

Lili raccroche.

—À qui parlais-tu?

—À Valérie.

Valérie, c'est notre voisine. Elle n'a aucun lien avec Germaine, notre voisine fatigante. Elle habite en face de chez nous et travaille comme hygiéniste dentaire. Elle a deux enfants super mignons, Laurence et Mathys. Laurence a de si beaux yeux!

—Et puis?

C'est bizarre. Il arrive que Valérie jase avec ma mère ou vienne nous emprunter un œuf ou une tasse de farine, mais pourquoi voulait-elle parler à Lili?

— Elle avait engagé quelqu'un pour garder ses enfants cet été, mais cette personne s'est décommandée à la dernière minute. Elle me demande si je voudrais m'occuper d'eux.

— Tout l'été?

— Presque. Elle est en vacances les deux dernières semaines de juillet.

— Est-ce que ça te tente?

— Oui... et non. Ce seraient de grosses journées, de sept heures quarante-cinq à dix-sept heures... J'ai peur de ne pas voir passer mon été si je garde tous les jours.

— Mais tu ferais plein de sous! Imagine tout ce que tu pourrais t'acheter avec cet argent. Combien elle te paierait?

— Trente dollars par jour.

Lili reste songeuse. Même si c'est une super occasion, je vois bien qu'elle hésite.

— Je vais aller en parler avec maman.

Je reste seule à la cuisine et commence tranquillement la préparation de mon gâteau. Je pense à Étienne. Je m'ennuie de lui. J'aurais envie qu'il me prenne dans ses bras. Je m'ennuie aussi un peu de sa mère. Je m'entends bien avec Chrystelle. Je suis certaine qu'elle aimerait la recette que je suis en train de faire.

Lili revient en traînant les pieds alors que je suis occupée à écraser les bretzels. Elle m'en pique un au passage et s'assoit à côté de moi. Les coudes sur le comptoir, elle appuie son menton dans ses mains.

— Qu'est-ce qu'elle a dit?

— C'est à moi de prendre la décision. Je ne suis pas plus avancée que tantôt.

Sans même y réfléchir, je m'entends lui proposer:

— Et si tu gardais trois jours par semaine et moi deux?

Elle me regarde avec un grand sourire.

— Ça, c'est une bonne idée! C'est même une excellente idée. J'aurais ainsi quatre jours de congé par semaine!

Lili se lève et me serre dans ses bras. J'ai les mains toutes sales, alors j'écarte les bras dans les airs pour ne pas la toucher. Soudain, elle se raidit et recule d'un pas.

— Penses-tu que Valérie va accepter?

— Je ne vois pas pourquoi elle refuserait. Je connais les enfants aussi bien que toi ou presque. J'étais occupée les dernières fois qu'elle avait besoin d'une gardienne, mais Laurence et Mathys jouent avec moi depuis qu'ils sont tout petits.

—Ouin, ça a du sens. Je vais aller la voir pour lui proposer cet arrangement.

—Et si elle refuse ?

Lili remonte ses lunettes et se gratte l'arête du nez.

—Je pense que je vais accepter quand même. Après tout, je n'avais pas de projets spéciaux pour les vacances.

Mon gâteau est tout prêt lorsque Lili revient enfin à la maison. Je commençais à me poser des questions.

—Enfin ! Pourquoi ça a été aussi long ?

—On a jasé de plein de choses. Valérie m'a posé des questions sur le programme danse-études. Laurence aimerait bien s'y inscrire quand elle sera grande.

Comme Laurence n'a que huit ou neuf ans, ce n'est pas pour tout de suite encore…

—Et qu'est-ce qu'elle a dit pour ta proposition ?

Lili semble presque avoir oublié pourquoi elle est allée chez Valérie !

—Ah, ça ? Elle a dit oui tout de suite. Aucun problème. Il ne reste qu'à s'arranger ensemble pour planifier nos jours de travail. Qu'en dis-tu si je fais lundi, mardi et mercredi, et toi jeudi et vendredi?

— C'est correct. De toute façon, en été, tous les jours se ressemblent.

Pour la première fois, je vais donc travailler. Je me ferai soixante dollars par semaine. Je vais être riche! Mais qu'est-ce que je vais bien pouvoir faire avec tout cet argent?

Lili

6 juillet

Frédéric et moi avons convenu de nous retrouver dans un parc de la ville voisine pour faire un pique-nique. Les parents de Frédéric sont dans les environs pour visiter des maisons. Toute sa famille réside chez son grand-père cette semaine et Frédéric s'ennuie avec ses deux pestes de frères. Bien entendu, ses parents n'emmènent pas ces petits monstres pour les visites, alors ils n'ont rien d'autre à faire que d'agacer Frédéric à longueur de journée.

Aujourd'hui, c'est le jour où Étienne vient à la maison voir ma sœur. Il est arrivé vers dix heures avec un gros contenant de biscuits au chocolat Toblerone que sa mère a faits. Miam, miam! J'en ai apporté deux pour le dessert. Ils sont bien au frais dans ma boîte à lunch. Lorsque Étienne est là, j'aime mieux laisser ma sœur un peu tranquille et m'éclipser. Ils ne se voient tellement pas souvent ces temps-ci, ils n'ont sûrement aucune envie de m'avoir dans leurs pattes.

Faire quinze kilomètres à vélo avec un petit vent frais ne me fait pas peur, d'autant que ma blessure à la jambe est bien guérie maintenant. J'emprunte la piste cyclable qui longe la rivière et j'arrive à destination à peine essoufflée. J'ai même mis de la crème solaire. J'y ai pensé toute seule, maman n'a pas eu besoin de me le rappeler.

Même si Frédéric et moi nous écrivons réguliè-rement, je ne l'ai pas vu depuis presque un an et demi. Ça va faire bizarre de lui parler « en vrai ».

J'arrive la première. Je ne suis jamais venue ici. C'est un grand parc sur le bord de la rivière. La vue est superbe. Frédéric m'a donné rendez-vous près de la fontaine. Même s'il n'est pas du coin, il vient plusieurs fois par année chez son grand-père, alors il connaît bien les lieux. J'étends la petite couverture que j'ai apportée et je m'allonge, les écouteurs sur les oreilles. J'écoute un vieil album de Madonna. C'est maman qui me l'a fait con-naître. C'est de la super bonne musique pour danser, en plus !

Dix minutes plus tard, Frédéric arrive. Son grand-père est venu le reconduire. Il porte son sac à dos sur une épaule et marche d'un pas noncha-lant. Il n'a pas l'air pressé. Il me lance un grand sourire lorsqu'il m'aperçoit. Il est vêtu d'un t-shirt blanc et de longs bermudas gris souris. Frédéric a tellement grandi depuis que je l'ai vu! Il aurait pris trente centimètres que ça ne m'étonnerait même pas. On dirait presque un homme. Je vois souvent des photos de lui sur Facebook, mais la taille est quelque chose qui s'évalue très mal à l'écran.

Il dépose son sac et s'approche pour me faire la bise.

— Salut.

Ah! Sa voix est super grave! Je m'étire sur la pointe des pieds pour lui tendre la joue.

— Allô!

Nous nous assoyons. Je suis un peu mal à l'aise. Je suis mieux de parler, ça me dégêne à tout coup!

— C'est fou comme tu as grandi! J'ai failli ne pas te reconnaître.

— Ouais, je sais. Je dépasse mon père, maintenant. Et ma mère rage parce qu'il faut toujours qu'elle m'achète de nouveaux pantalons.

— Ça ne m'étonne pas!

— Toi, tu es comme dans mon souvenir, à part les lunettes et la peau un peu plus bronzée!

— Alors, quoi de neuf?

— J'ai hâte que mes parents nous trouvent une nouvelle maison! Je déteste avoir à camper chez mon grand-père, on se pile tous sur les pieds.

Aujourd'hui, mes parents font la deuxième visite d'une maison qu'ils ont beaucoup aimée et ils vont en voir deux autres, tout ça dans trois villes différentes! Je ne sais pas où nous allons atterrir. Et toi? Tu t'es trouvé un travail?

—C'est plutôt le travail qui m'a trouvée! Je garde mes voisins du lundi au mercredi et Clara prend la relève le jeudi et le vendredi. On a commencé cette semaine. Ça s'est très bien passé pour moi, mais Clara a dû régler un problème. Le petit Mathys a mis de la gomme dans les cheveux de sa sœur. Clara capotait, elle n'arrivait pas à la faire partir, il y en avait partout!

—Qu'est-ce qu'elle a fait?

—Elle m'a appelée pour me demander d'aller voir sur Internet s'il y avait une solution, à part celle de couper les cheveux! J'ai trouvé tout de suite. Ça part super bien avec du beurre d'arachide, parce que c'est huileux. Plus rien ne paraissait quand leur mère est rentrée à la maison!

On continue à parler de tout et de rien. Ma nervosité descend d'un cran.

Frédéric me fait rire. Il me parle surtout des mauvais coups de ses frères. Ils ont déjà mis à l'envers tous les tiroirs de sa commode, posé du papier cellophane sur la cuvette, déroulé un rouleau de papier de toilette au complet dans sa chambre, collé au plafond sa brosse à dents et le dentifrice, versé du vernis à ongles sur le savon à mains et même mis des crayons de cire en dessous des essuie-glaces de l'auto de leurs parents. En tout cas, ces deux-là ne manquent pas d'imagination… ou ils sont excellents pour faire des recherches de mauvais coups sur Internet!

Après cet échange de nouvelles, nous décidons de sortir nos lunchs. Tandis que je partage avec lui mes crudités, Frédéric me fait goûter à un drôle de fromage avec de la cendre au milieu. Je n'ai jamais vu ça! Son grand-père en raffole, il y en a toujours chez lui. Ce n'est pas mauvais, mais je préfère d'autres fromages plus classiques comme le jarlsberg ou l'emmenthal. Je suis très fromage à trous, moi. Une vraie souris!

Frédéric adore les biscuits au Toblerone de la mère d'Étienne. S'il pouvait lécher le petit plat en plastique dans lequel je les transportais, je suis sûre qu'il l'aurait fait! Avant qu'on se quitte, il me fait promettre de lui envoyer la recette.

— Moi, je ne cuisine pas tellement, mais je vais demander à ma mère d'en faire. C'est trop bon!

Sur le chemin du retour, j'ai l'occasion de réfléchir. Je pédale moins vite qu'à l'allée, sûrement parce que j'ai l'estomac plein.

Je ne sais pas quoi penser de ma rencontre avec Frédéric. Il est beau, il est gentil, il est intelligent, mais je n'ai pas de petite étincelle dans la poitrine comme j'en ai déjà eu avant. Tantôt, j'avais envie de parler avec lui, de faire des blagues, mais je n'ai pas pensé une seule seconde à ses bras qui pourraient m'enserrer. Je n'ai pas imaginé ses lèvres sur les miennes et je ne me suis pas attardée non plus lorsqu'on s'est fait la bise avant de se quitter. Dans ma tête, sans m'en rendre compte, je crois que je l'ai classé dans la colonne « Amis » et non dans celle de « Chum éventuel ». Un peu comme Louka.

Cette constatation me déçoit presque. Il y a un an et demi, quand j'ai connu Frédéric à Gatineau, il aurait pu se passer quelque chose entre nous. Il s'en est fallu de peu, mais à ce moment-là, je sortais avec Grégory et je m'étais sauvée pour éviter de faire quelque chose que j'aurais pu regretter par la suite. Nous nous sommes écrit souvent depuis. J'ai appris à le connaître et j'ai même fini par le considérer comme un ami proche... malgré la distance qui nous sépare ! Je ne savais pas comment j'allais réagir en le revoyant. Je suis tout de même contente de savoir qu'on s'entend toujours bien. J'espère seulement qu'il pense comme moi. Je ne voudrais pas le décevoir. C'est certainement quelque chose dont nous allons devoir discuter, même si ça ne me tente pas.

Clara

16 juillet

Je suis libre ! Youhou ! Ma punition est terminée. Comme je suis soulagée ! Je vais pouvoir passer du temps avec Étienne aussi souvent que j'en ai envie. J'ai promis à maman de ne plus m'éclipser la nuit sans sa permission. Et je vais faire bien attention à toujours lui dire où je suis, car je n'ai pas envie de m'attirer ses foudres !

Pour fêter la fin de ma punition, je vais passer la journée chez Étienne. Je n'ai pas dit le mot « fêter » devant mes parents. Des histoires pour qu'ils me fassent tout un sermon ! Je n'arriverai pas les mains vides : j'ai eu le temps de faire un tiramisu aux fraises ce matin et j'en apporte la moitié pour le partager avec Étienne et sa famille.

Papa me lance un grand sourire en me regardant descendre de la voiture.

— Amusez-vous bien! Je reviens te chercher à dix-sept heures.

— Tu es sûr que je ne peux pas souper ici? Chrystelle m'a invitée.

— Clara, c'est l'anniversaire de ta grand-mère, tu ne peux pas manquer ça. Tu auras d'autres occasions de souper chez Étienne cet été.

— D'accord, d'accord.

Étienne, qui m'attendait sur les marches du perron, se lève et vient à ma rencontre. Il est tout souriant... et tellement beau! Il envoie la main à mon père qui s'éloigne puis dépose un baiser sur ma joue. Ses lèvres sont fraîches malgré la canicule.

— Viens, j'en connais une qui a hâte de te voir.

J'ai à peine mis le pied dans la maison que la mère d'Étienne se précipite vers moi et me serre dans ses bras. Elle a toujours été très démonstrative.

— Allô, allô! On dirait que tu as grandi, toi, est-ce que je me trompe?

— Euh... Je ne me suis pas mesurée dernièrement, mais je ne crois pas.

— J'hallucine peut-être. Ça fait longtemps que je t'ai vue! Hey, merci pour le gâteau! Viens, on a quelqu'un à te présenter.

Quelqu'un à me présenter? Je regarde Étienne avec deux points d'interrogation à la place des pupilles. Il me fait un clin d'œil.

— C'est une petite surprise.

Le mystère s'épaissit. Je n'ai aucune idée de qui il s'agit. Je dépose le tiramisu dans le frigo et je suis Chrystelle à l'étage. Elle se rend jusqu'à la chambre de Flavie, la petite sœur d'Étienne, et ouvre tout doucement la porte. Flavie est couchée sur son lit, presque enlacée avec une grosse boule de poils. J'ai compris! Flavie a enfin eu son chien Mira. Étienne m'en a souvent parlé. Il y a presque deux ans que Flavie était sur la liste d'attente. Il y a encore peu d'enfants autistes qui ont des chiens d'accompagnement, mais la demande est de plus en plus forte. Son chien est trop mignon avec son museau tout blanc et son pelage lustré noir comme du charbon.

— Comment s'appelle-t-il? dis-je tout bas.

— Lolie. C'est une femelle labernois, un croisement entre le labrador et le bouvier bernois.

— Elle est très belle.

— Et surtout très douce. Depuis qu'elle est ici, Flavie dort beaucoup mieux. Elle est moins anxieuse aussi. J'ai même réussi à faire l'épicerie avec elle la semaine dernière sans subir une de ses effroyables crises!

— Le chien entre à l'épicerie?

— Lolie suit Flavie partout où elle va. Le seul endroit où elle ne l'accompagnera pas, c'est à l'école. Ce serait trop difficile pour le personnel de gérer les chiens, en plus des enfants !

Chrystelle referme la porte et redescend au rez-de-chaussée. Étienne et moi allons dans sa chambre pour parler. On se serre pour s'asseoir tous les deux dans son gros fauteuil, mais je finis sur ses genoux, c'est plus confortable ainsi ! Il me demande comment s'est passée ma journée d'hier avec mes voisins.

— Un peu moins animée que la semaine dernière. Pour une fois, Mathys n'a pas fait de mauvais coups à sa sœur. Il n'est pas arrivé de catastrophe non plus.

Mathys, qui a six ans, a la fâcheuse habitude de renverser tous les verres de lait que je lui sers. Quand il mange, la moitié du contenu de son assiette se retrouve sur le plancher... au grand bonheur de leur chien ! Il mange ses cornets de crème glacée par le dessous et ça finit par couler partout ! C'est sans compter les pipis sur la lunette de la toilette. En quatre minutes, il est capable d'éclabousser toute la pièce. Par chance, une femme de ménage passe toutes les deux semaines. Elle ne doit pas se tourner les pouces !

Au contraire de son frère, Laurence est un ange. Elle sort un seul jouet à la fois et le range avant d'en prendre un autre. Elle mange bien tranquillement et je n'ai jamais vu de débordement de nourriture autour de son assiette. Elle est presque trop sage, mais elle est si gentille! J'ai beaucoup de plaisir avec elle. On dirait quasiment qu'elle a mon âge tellement elle est mature.

— Sais-tu ce que tu vas faire avec l'argent que tu gagnes?

— Je me suis acheté deux livres, mais pour le reste, je ne sais pas trop... Je me disais que je pourrais peut-être économiser pour un batteur sur socle.

— C'est quoi ça?

— Tu en as sûrement déjà vu, c'est un gros batteur avec un bol en acier inoxydable qui permet d'avoir les mains libres pendant qu'on cuisine. On peut choisir d'utiliser un fouet ou un crochet à pâte, par exemple. Il y en a de différentes couleurs. J'aimerais bien un rose... ou un vert pour aller avec les couleurs des murs de notre cuisine!

— J'te dis que tu es spéciale, toi! Il n'y a pas beaucoup de jeunes de notre âge qui voudraient s'acheter ce genre de choses!

— Ben là, je ne suis pas si bizarre que ça... C'est juste que j'aime cuisiner et ça m'aiderait, c'est tout.

Il me donne un bec sur le nez.

— Je te taquine, voyons!

Je me disais aussi...

Clara

26 juillet

On vient d'arriver au camping. Cette année, on n'est pas allés très loin. Mes parents n'avaient pas envie de faire huit ou neuf heures de route avec Violette, alors ils ont choisi le parc de la Mauricie. Ma petite sœur déteste rouler en voiture. Elle gigote, grogne, pleurniche. Parfois, je me dis que j'aurais besoin de bouchons pour les oreilles. Je sais qu'elle ne le fait pas exprès, elle n'a qu'un an et demi après tout, mais c'est très désagréable. Maman se demande si elle n'aurait pas le mal des transports, mais comme Violette ne parle presque pas, c'est difficile à dire. On la divertit du mieux qu'on peut, puis on espère qu'elle va s'endormir très vite. Heureusement, c'est ce qui est arrivé cette fois-ci. Nous sommes partis tout de suite après le déjeuner et trente minutes plus tard, Violette dormait à poings fermés.

Mes parents ont prévu de faire concorder notre séjour en camping avec les vacances de Valérie. Ça va nous faire du bien une petite pause. Il y a juste le fait d'être loin d'Étienne qui va être difficile. Mais bon, j'ai été habituée à moins le voir pendant ma punition, je vais survivre.

C'est la première fois qu'on campe à cet endroit. Papa dit qu'il est souvent venu au parc de la Mauricie quand il était plus jeune. Notre terrain est situé dans la partie du parc qui s'appelle Mistagance. Ça doit sûrement être amérindien. Il y a un autre terrain qui a un nom encore plus bizarre : Wapizagonke. Si on pouvait écrire des noms propres au Scrabble, ce seraient des mots payants !

Notre emplacement est entouré d'arbres. À travers les branches, on voit les tentes voisines, mais elles sont tout de même à une bonne distance. On entend des enfants qui jouent, des gens qui rient. J'ai vu dans le dépliant qu'il y a même une aire de jeux un peu plus haut, près de la petite cabane où se trouvent les douches et les toilettes. Je fais souvent pipi la nuit, ce n'est pas très pratique d'avoir à marcher aussi loin pour aller se soulager, surtout quand il n'y a aucun lampadaire. J'espère que je n'aurai pas trop peur et, surtout, que je ne me perdrai pas. Dans le noir, une tente ressemble beaucoup à une autre tente… Une chance que nous avons apporté plusieurs lampes de poche !

Papa et Lili commencent à monter la tente pendant que je vide le coffre de la voiture avec maman. À la maison, on a eu du mal à tout faire entrer. C'était comme un casse-tête géant en trois dimensions !

Violette dort toujours. Nous faisons bien attention à ne pas faire trop de bruit, mais je trébuche sur le muret de béton devant la voiture et j'échappe la boîte qui contient les ustensiles et la vaisselle. Eh merdouille ! Maman et papa se retournent vers moi, l'air fâché, puis regardent vers la voiture pour voir si Violette s'est réveillée. Effectivement, ma petite sœur a les yeux grands ouverts. Elle regarde autour d'elle sans reconnaître les lieux.

— Je vais m'en occuper, dis-je à ma mère.

— OK. Puisque Violette est réveillée, je vais commencer à gonfler les matelas avec le compresseur.

C'est que ça fait du bruit, cette machine ! Je comprends que maman ne l'ait pas utilisée quand Violette dormait.

Je détache ma petite sœur de son siège. Ses cheveux, mouillés par la sueur, frisottent dans tous les sens. Ma mère lui avait attaché les cheveux avant de partir, mais maintenant ils sont tout ébouriffés.

— Est-ce que tu veux que je refasse ta couette ?

Elle fait oui de la tête. Je la prends dans mes bras et vais l'asseoir sur la table pour qu'elle soit à ma hauteur. Violette ne rechigne jamais lorsqu'on la coiffe. Parfois, avec Lili, on s'amuse à lui faire toutes sortes de coiffures spéciales et Violette adore ça. Ses cheveux sont tellement doux !

Sous la tente, mon père s'égosille à expliquer à Lili comment faire glisser les montants à travers les fourreaux, mais ma sœur n'a pas l'air de comprendre. Je crois qu'elle aurait besoin d'aide.

— J'arrive, j'arrive, lui lancé-je. Juste une minute !

Je pose Violette par terre. Je sors une petite boîte de jus de la glacière et la lui donne pour l'occuper.

— Tu restes bien assise ici, je reviens tout de suite.

Une fois que nous comprenons le fonctionnement, nous montons la tente en quelques minutes et papa se radoucit. À l'occasion, je jette un coup d'œil à Violette qui nous observe attentivement en buvant son jus. Finalement, avec un maillet, nous enfonçons les piquets dans le sol pour fixer la tente et le tour est joué ! Nous pourrons y déposer les matelas que maman est en train de gonfler, les sacs de couchage et nos sacs d'effets personnels.

— Est-ce qu'on va faire un tour dans la tente, Vio...

Mais où est ma petite sœur? Elle était assise là il y a une minute, mais elle n'y est plus!

— Violette?

Papa, qui comprend au ton de ma voix que quelque chose ne va pas, sort la tête de la tente et me dévisage.

— Où est Violette? Tu n'étais pas censée t'en occuper?

— Je vous aidais! Je l'ai juste perdue de vue quelques...

— Il faut la retrouver!

Mes parents et Lili arrêtent immédiatement ce qu'ils font et cherchent Violette avec moi. Elle ne peut pas être bien loin. Elle a de toutes petites jambes et elle ne peut quand même pas avoir franchi un kilomètre en trente secondes! Papa et maman fouillent les buissons environnants pendant que Lili et moi nous précipitons sur le petit chemin. Mon cœur bat la chamade. Je vais à droite, Lili à gauche. J'ai à peine fait quelques pas que je la vois, un peu plus loin. Une fille qui tient un gros bac en plastique gris est accroupie à côté d'elle et semble lui parler. «Violette!»

Je m'élance vers elle. Je cours tellement vite que je dérape dans le gravier et je m'étale de tout mon long. Aïe! Violette se retourne, me regarde et pouffe de rire. J'ai l'air d'une belle nouille. Quand je me relève, je tombe nez à nez avec... Anaëlle, l'amie de Lili! C'est elle qui parlait avec Violette, mais de dos, je ne l'avais pas reconnue. Que fait-elle ici?

—Hé, Clara! Tout va bien? On campe au même endroit, on dirait! Je m'en allais faire la vaisselle et je suis tombée sur cette petite demoiselle qui se promenait toute seule. Je l'ai reconnue tout de suite!

Elle est bonne de s'être souvenue de Violette, car je crois qu'elle ne l'a vue qu'une ou deux fois seulement. Je suis un peu sous le choc, ébranlée par tout ce qui s'est passé depuis les cinq dernières minutes.

—Allô, Anaëlle. Oui, c'est tout un hasard. Ce n'est pas que je refuse de te parler, mais il faut vite que j'aille dire à mes parents que j'ai retrouvé Violette. Ils sont super inquiets.

Je prends ma sœur dans les bras et je me dépêche (sans courir, cette fois) de retourner sur notre terrain.

—Je l'ai! Violette est ici!

Au son de ma voix, je vois Lili faire demi-tour et revenir sur ses pas. Mes parents accourent. Ils paraissent extrêmement soulagés. Maman prend ma petite sœur dans ses bras et la serre très fort.

—Et après, tu veux que je te fasse confiance! me lance-t-elle avec un regard noir avant d'aller s'asseoir dans la voiture avec Violette.

Papa les suit sans me regarder.

Lili aperçoit son amie et s'élance dans sa direction, l'air très étonné.

—Hey! Anaëlle! Qu'est-ce que tu fais là?

—Je campe, voyons! Mon terrain est juste un peu plus loin. Mes parents ont une roulotte. On vient ici chaque année.

J'entends ma sœur et Anaëlle parler, mais je ne les écoute pas. Mes oreilles bourdonnent, des larmes piquent mes yeux. J'ai le cœur tout à l'envers. À cause de moi, il aurait pu arriver quelque chose de grave à ma sœur. J'ai déçu mes parents en sortant la nuit sans permission, mais là, c'est bien pire. Maman est bouleversée et surtout très fâchée contre moi. Je ne voulais pas mal faire... je ne pensais pas du tout que Violette irait explorer les environs. Elle était sage comme une image, elle buvait son jus.

Lili met la main sur mon épaule. Je sursaute.

—Est-ce que ça va?

Je fais non de la tête.

—Oh! soupire-t-elle tristement.

Elle me prend dans ses bras et caresse mon dos. C'est plus fort que moi, je me mets à pleurer. Je sanglote plusieurs minutes, la tête enfouie au creux de son cou. J'entends des pas qui s'éloignent dans le gravier. C'est sûrement Anaëlle qui retourne chercher son bac à vaisselle un peu plus loin sur le chemin.

Lili chuchote à mon oreille.

—C'est correct, t'inquiète pas. C'était un accident. Maman le sait aussi, c'est juste qu'elle a eu très peur. Laisse-la décanter.

J'essuie mes yeux avec le revers de ma manche et je renifle.

—Hey! Ne te mouche pas dans ton chandail, lance ma sœur en plaisantant.

Lili

C'est drôle qu'Anaëlle campe au même endroit que nous. Avant le souper, je vais la rejoindre pour jaser un peu. Tantôt, Clara n'allait pas super bien, alors Anaëlle s'est éclipsée en douce.

Comme les arbres nous protègent du soleil, on n'a pas l'impression d'être dans un four ici, même s'il fait près de trente degrés dehors. J'ai mis mon haut de maillot et ma jupe bleue maxi en tissu super léger. Avant que je quitte notre terrain, papa essaie de me convaincre de mettre un t-shirt. Il trouve qu'un haut de tankini, c'est trop sexy pour une fille de quatorze ans.

—Quand je vais à la piscine ou à la plage, c'est correct! Où est la différence?

—La différence, c'est qu'on n'est pas à la plage, justement!

—Allez, papa, je suis bien comme ça. Je vais juste voir Anaëlle.

Il fronce les sourcils.

—Mon petit papa d'amour...

Je m'approche, lui donne deux baisers sonores sur les joues et m'éloigne d'un pas dansant. Je ne crois pas que j'exagère, quand même. Lui, il se promène bien en bedaine la moitié du temps, l'été! C'est sûr que je n'irai pas à l'école comme ça (même si je le voulais, c'est interdit), mais ce sont les vacances après tout.

Anaëlle m'a dit qu'elle était au terrain 14. Comme mon âge! C'est facile à retenir. Tous les numéros se suivent, je suis sûre de ne pas me perdre. M'y voilà.

Wahou! Cette roulotte, c'est du grand luxe! Ce n'est pas des blagues, on dirait qu'elle est de la même grosseur qu'une petite maison. Notre tente est minuscule en comparaison. Je suis carrément jalouse!

Anaëlle est étendue sur une chaise longue, les yeux fermés, les écouteurs sur les oreilles. Je ne vois pas ses parents. Leur camion, un mastodonte noir, est stationné dans l'allée, alors ils doivent sûrement être à l'intérieur. À moins qu'ils ne soient partis marcher. Je ne les ai encore jamais vus. Anaëlle et moi, on se rejoint toujours à la maison des jeunes.

Je tire sur le fil d'un de ses écouteurs.

— Allô, allô !

Elle sursaute et se redresse comme si elle avait un ressort sous les fesses.

— Oups ! J'espère que je ne te réveille pas.

— Ben non, c'est juste que je ne m'attendais pas à ce que tu arrives.

— Je peux repasser si tu préfères, dis-je en faisant mine de partir.

Elle me tire le bras et me fait une place à côté d'elle pour que je m'assoie.

— Voyons, c'est moi qui t'ai dit de venir. Je suis tellement contente d'avoir de la compagnie pour une fois.

— Ton frère n'est pas là ?

Emmanuel est beaucoup plus âgé que nous. Il a été l'un de mes profs de danse l'année dernière, mais il a démissionné, car il a eu un contrat pour une émission de télévision.

— Mon frère ?

Elle s'esclaffe.

— Il ne nous accompagne plus depuis des années déjà. Il est en appart maintenant et fait sa vie de son côté. Et le camping, ce n'est pas assez "in" pour lui.

— Tes parents ne sont pas là ?

— Oui, oui, ils font une sieste à l'intérieur. À l'air conditionné.

J'écarquille les yeux. On peut avoir un climatiseur dans une roulotte? Je ne savais pas. Anaëlle rit de me voir aussi surprise.

—On a aussi un frigo, une toilette et la télé. Si c'était seulement de mon père, on ferait du camping sauvage au milieu de la forêt, mais ma mère a une tout autre conception du plein air. C'est déjà beau qu'elle vienne ici.

—Ah oui, comment ça?

—Elle a peur des insectes, même des plus petits. Si une fourmi monte sur son pied, c'est la panique totale! Elle n'aime pas le soleil, ni avoir les pieds dans le sable, et elle ne se mettrait jamais en costume de bain devant d'autres personnes. Dans le spa chez nous, d'accord, mais en dehors de ça, jamais.

—C'est tout un numéro, ta mère!

—Mets-en! Mais bon, on ne la changera pas. Elle a toujours été comme ça.

Anaëlle et moi discutons jusqu'à ce que ses parents sortent de la roulotte, les yeux tout endormis. Anaëlle me présente et son père vient me serrer la main. Il est beaucoup plus grand et beaucoup plus costaud que le mien. Il a aussi plus de cheveux blancs. Sa mère me fait un grand sourire. Elle a presque l'air d'une grande dame. Elle est habillée aussi chic que maman quand elle a une sortie spéciale. Ici, dans la forêt, ça détonne un peu. Elle est maquillée et porte des souliers à talons. Ce n'est pas la tenue la plus appropriée pour faire du camping. Je comprends qu'elle ne sorte pas beaucoup de sa petite maison roulante.

— Est-ce qu'Anaëlle t'a offert un jus, une boisson gazeuse ? dit-elle avec un accent anglophone.

Je me souviens alors qu'Anaëlle fréquente l'école anglaise. C'est sûrement parce que c'est la langue maternelle de sa mère.

— Non merci, je vais devoir y aller. Nous allons manger bientôt et je vais aller voir si mes parents ont besoin d'aide.

— Anaëlle, tu devrais prendre exemple sur ton amie, regarde comme elle est serviable ! ironise son père en faisant un clin d'œil.

— Très drôle, papa.

Elle se tourne vers moi.

— Il trouve que je n'aide pas assez ma mère à faire les repas. Je n'ai pas la fibre d'un grand chef, c'est tout.

— Vous savez, la pro de la cuisine, ce n'est même pas moi, c'est ma sœur. Elle est tellement bonne qu'elle a écrit un livre de recettes.

Le père d'Anaëlle se tourne vers sa fille.

— Ce n'est pas ce livre que tu as rapporté à la maison au printemps ?

— Oui ! Clara, c'est la sœur jumelle de Lili. Tu te souviens, j'ai fait trois de ses recettes et tu les as toutes aimées.

Il se gratte le menton.

— Je pense que tu vas devoir les refaire parce que je ne m'en souviens pas assez.

— D'accord, mais quand on ne sera plus en camping !

Je retourne vers le terrain de mes parents. Hou là là ! Maman m'avait dit de revenir à dix-sept heures trente et il est dix-huit heures passées. J'espère qu'elle ne sera pas trop fâchée. Avec ce qui s'est passé plus tôt dans la journée, je ne sais pas si elle a retrouvé le sourire.

Quand j'arrive, mes parents et Violette sont assis à la table qu'ils ont recouverte d'une nappe à carreaux rouges et blancs. Violette est sur les genoux de mon père et pige dans son assiette. Ils ont commencé à manger sans moi... et sans Clara aussi, car je ne la vois nulle part.

— Où est Clara ? demandé-je en m'assoyant.

Papa soupire.

— Dans la voiture. Elle boude.

— Hein ? Elle ne veut pas manger ? Ça n'arrive jamais !

Mes parents ne répondent pas tout de suite. Papa croque une branche de céleri et regarde maman. On dirait que les deux se parlent sans dire un mot.

—C'est à cause de ce qui est arrivé cet après-midi, continue papa. Elle a pris son roman, son sac de couchage et son pyjama, et elle est allée s'enfermer là.

Je regarde la voiture. Les vitres arrière sont teintées, alors je ne vois pas ma sœur. Elle est sûrement étendue sur la banquette.

Je tends la main vers l'assiette de légumes et je prends une poignée de petites carottes.

—Je vais manger et après j'irai lui parler.

Maman me sert un morceau de l'omelette qu'elle a préparée. Elle est un peu tiède. Ah zut, il y a des champignons à l'intérieur. Je n'aime pas leur texture spongieuse. Je me force pour manger et je ne fais pas de chichi, car je ne veux pas irriter maman. Après tout, j'étais en retard et elle n'a rien dit.

À mon souvenir, Clara n'a jamais sauté un repas. Je sais qu'elle ne mourra pas de faim, car elle a caché une barre de chocolat et un sac de macarons à la noix de coco dans ses bagages, mais je n'aime pas la savoir dans cet état.

Ma sœur se replie beaucoup sur elle-même quand ça ne va pas. Elle garde tout en dedans et rumine sa peine ou sa colère. Mais je sais comment m'y prendre avec elle. Je trouverai les bons mots pour la sortir de sa cachette.

Clara

25 août

L'été est terminé. Je reprends le chemin du collège et Lili, celui de la polyvalente. Finis les robes soleil, les shorts en jeans déchirés et les hauts à bretelles spaghetti. Pour faire exprès, j'ai une poussée d'acné. C'est sûrement parce que j'aurai mes règles d'ici quelques jours. Maudites hormones ! J'ai essayé d'appliquer le fond de teint que Lili m'a prêté, mais c'est pire ! Avec l'argent qu'elle a gagné cet été, Lili s'est acheté du maquillage et toutes sortes de produits pour la peau. Une vraie poupoune ! Pour que mes cheveux cachent un peu mon visage, j'ai décidé de les laisser détachés, même ma frange que je fais allonger et qui est tout le temps dans mes yeux. J'espère que mes amis ne remarqueront pas trop mes rougeurs, c'est tellement laid. Cacher les boutons qu'on a dans le dos ou sur les tempes, ce n'est pas trop difficile, mais quand ils sont sur le nez, les joues, le menton, c'est une autre histoire.

J'ai passé un été un peu bizarre. La moitié du mois de juillet a été gâchée par la punition que m'a donnée ma mère. Ensuite, il est arrivé des catastrophes presque tous les jours où j'ai gardé mes voisins. Mathys, c'est un vrai petit diable! Lili n'a presque pas eu de problème avec lui, mais avec moi, c'était l'enfer. J'ai mérité ma paie! Valérie s'est excusée au moins dix fois pour toutes les niaiseries qu'a pu inventer son fils. « Il n'est jamais comme ça avec moi! » s'exclamait-elle, découragée, chaque fois que je lui racontais une nouvelle bêtise. Avec le recul, je peux dire que certaines choses étaient assez drôles, mais sur le coup, je ne riais pas.

Avec les sous que j'ai économisés et ceux que j'avais déjà dans mon compte avant, je me suis acheté le batteur sur socle que je regardais depuis longtemps. Et comme il était en rabais, j'ai pu inviter Étienne au cinéma avec l'argent qui me restait. On a passé une très belle soirée. On ne s'est pas lâché la main de tout le film!

Le camping, c'était moyen. Avec l'escapade de Violette, mon séjour a très mal débuté. Le premier soir, j'ai même dormi dans la voiture. Lili a essayé de me convaincre de sortir de là, mais je ne voulais voir personne. J'étais trop fâchée contre mes parents et contre moi-même. Je sais que j'aurais dû mieux surveiller ma petite sœur, mais ça aurait très bien pu leur arriver à eux aussi. Ils ne sont pas parfaits ! Je n'ai pas aimé l'attitude de maman. Ses paroles m'ont blessée et papa n'a rien fait pour tenter d'arranger les choses.

Le lendemain de ma nuit en solitaire, où j'ai assez bien dormi d'ailleurs, maman est venue me parler. On est allées marcher et on s'est expliquées. Je me suis vidé le cœur, j'ai beaucoup pleuré, maman aussi, et les choses se sont arrangées.

Ce que j'ai le plus aimé du parc de la Mauricie, ce sont les chutes. On y a passé tout un après-midi. Je ne me lassais pas de sentir l'eau se déverser sur ma tête et mon corps, et de laisser le courant chatouiller mes pieds. Ce jour-là, j'ai attrapé un énorme coup de soleil sur les épaules, parce que j'avais oublié de me mettre de la crème à cet endroit.

Nous avons aussi fait du canot, mais je n'ai pas tellement aimé ça. Comme je trouvais que c'était trop fatigant, j'ai passé plus de temps à la petite plage, étendue sur ma serviette. J'ai écrit un poème en pensant à Étienne. Je le lui ai donné à mon retour et il l'a beaucoup aimé. Il n'est pas difficile, il aime presque toujours mes poèmes. À part celui que j'ai écrit pour plaisanter et qui avait pour titre *Les petits pieds qui puent* ! Mais il a quand même ri en le lisant, signe qu'il ne devait pas être si mauvais!

L'an prochain, j'espère qu'on ira plutôt à Cape Cod. Je crois que ç'avait été mes meilleures vacances à vie! Des chutes, si belles soient-elles, ou un lac, ça ne se compare pas avec la mer.

J'ai sauté de joie quand j'ai appris que Clémentine ET Étienne étaient dans ma classe cette année. J'ai été très chanceuse parce qu'il y a quatre groupes de chaque niveau, donc si je ne me trompe pas, j'avais une chance sur seize que les deux soient dans ma classe. Je vais donc pouvoir passer toutes mes journées avec ma meilleure amie et mon chum. Je ne sais juste pas ce que je vais faire pour les travaux en équipe de deux. Est-ce que je vais me mettre avec Clémentine ou avec Étienne? Il va falloir que j'en discute avec eux pour que ça ne crée pas des tensions. François et Luis, les deux grands amis d'Étienne, ne sont pas dans notre classe, alors je ne pourrai pas dire à Étienne de travailler avec eux.

L'autobus tarde à arriver. Ça se produit souvent les premières journées d'école parce que le chauffeur ne connaît pas encore bien son trajet et que certains élèves sont en retard. Bizarrement, je n'ai pas eu de difficulté à me lever ce matin. Au contraire, j'avais les deux yeux grands ouverts avant six heures! La nervosité, sûrement. Lili s'est levée à la dernière minute. «Je profite de mes vacances jusqu'à la toute fin!» m'a-t-elle dit. Ça ne m'étonne pas d'elle.

À l'école, presque tous les élèves sont survoltés. On rit, on crie... Plusieurs sont bronzés. Je remarque que certaines personnes que je connais se sont fait couper ou teindre les cheveux. On dirait même que plusieurs garçons ont grandi pendant l'été.

La cloche sonne. Déjà! Maintenant c'est vrai: l'école est commencée.

Lili

30 août

Allô Frédéric,

Et puis, comment s'est passée ta première journée à ta nouvelle école ? J'espère que tu ne t'es pas senti dépaysé. Ça doit parler un peu moins anglais qu'à Gatineau, mais plus chinois, vietnamien, espagnol, arabe et roumain ! T'es-tu fait des amis avec des noms bizarres ? À mon école, il y a une fille qui s'appelle Ding et un garçon du nom d'Apollon !

As-tu fini de défaire tes boîtes ? C'est sûrement ça qui est le plus plate dans un déménagement... On se reparle bientôt !

XXX

Li^2

Les parents de Frédéric ont trouvé une maison assez rapidement et toute la famille y a déménagé il y a deux semaines. Frédéric et moi, on ne s'est pas revus depuis notre pique-nique au début de l'été, car j'ai été très occupée avec mes petits voisins... Je dis ça, mais c'est à moitié vrai. Je ne travaillais que trois jours par semaine, après tout.

En fait, Frédéric n'est resté qu'une semaine chez son grand-père. Après, il est retourné à Gatineau jusqu'au déménagement.

Pour tout dire, j'étais un peu mal à l'aise de le revoir. J'avais peur qu'il ait des attentes. J'y ai beaucoup pensé et j'arrivais toujours à la même conclusion : je n'ai pas envie d'aller plus loin avec lui. Il m'a fallu un bon petit bout de temps avant que je puisse le lui écrire. Avant d'envoyer mon message, je l'ai fait relire par Clara, et même par son chum parce qu'il était chez nous cette journée-là. Les deux m'ont dit que j'avais très bien choisi mes mots. Je doutais encore, alors j'ai aussi demandé l'avis de Romy. Quand elle m'a dit à son tour que c'était correct, j'ai envoyé mon message à Frédéric. J'avais peur qu'il le prenne mal, mais, finalement, j'ai été agréablement surprise. Il m'a répondu que j'avais bien fait de lui écrire, qu'il était un peu déçu, mais pas fâché du tout. Il me proposait qu'on reste amis. On continue de s'écrire pour le plaisir et ça me va très bien.

Je crois que j'ai un don pour me faire des amis garçons. Pour le moment, j'en ai seulement deux,

Louka et Frédéric, mais je trouve que c'est chouette parce qu'on ne parle pas des mêmes sujets qu'avec les filles. On dirait que les gars sont plus directs. Il y a rarement des flaflas avec eux. Je les aime bien, mais j'espère quand même me faire un chum bientôt. Clara est en couple, Romy aussi, il ne reste plus que moi... Mais ce n'est pas à l'école de danse que je risque d'avoir un coup de foudre. Quoique...

C'est trop drôle. Cette semaine, je devais aller voir madame Loiseau. Elle était au téléphone quand je suis arrivée, alors je me suis assise sur l'une des petites chaises dans le couloir, à proximité de son bureau. J'ai pris une revue sur la table et j'ai commencé à la feuilleter. Je suis tombée sur la publicité d'un magasin de vêtements que j'aime beaucoup. Le mannequin portait une sorte de cape qui m'a accroché l'œil.

Je sais que la revue n'était pas à moi, mais j'ai quand même déchiré la page. Je voulais l'apporter à la maison et m'en inspirer pour faire des dessins. Alors que je pliais la feuille pour la mettre dans mon sac à dos, j'ai entendu :

— Tu n'as pas honte de déchirer la page d'une revue qui ne t'appartient pas ?

Je suis sûre que j'ai rougi instantanément. Merdouille ! Je ne pensais pas que ça dérangerait qui que ce soit... À l'endos de la page, il n'y avait même pas d'article, c'était une publicité de denti-frice. Rien d'important!

Quand je me suis retournée, j'ai constaté que celui qui m'avait fait ce commentaire n'était pas sérieux du tout (à mon plus grand soulagement). Le garçon qui se tenait devant moi riait franche-ment. Je ne l'avais jamais vu auparavant, mais il me faisait penser à quelqu'un. Je n'arrivais pas à me rappeler qui. Ce farceur avait l'air d'avoir mon âge, il était à peu près de ma grandeur. Ce qu'on remarquait tout de suite lorsqu'on le regardait, c'étaient ses yeux! On aurait dit qu'ils étaient... pétillants. On ne voyait que ça! Et dire que cer-taines filles se maquillent pendant des heures pour avoir un regard à moitié moins charmeur que le sien.

Je l'ai dévisagé à mon tour d'un air moqueur.

—Essaie d'aller me dénoncer pour voir!

—Non, non, c'est correct. Je disais ça pour niaiser.

Il a jeté un coup d'œil rapide dans le bureau de madame Loiseau.

—Est-ce que ça fait longtemps qu'elle est au téléphone?

—Je ne sais pas, je viens d'arriver.

—J'espère que ça ne sera pas trop long, il faut que je la voie pour changer mon numéro de télé-phone dans mon dossier.

—Tu viens de déménager?

—Non, mais mes parents ont décidé qu'ils n'avaient plus besoin du téléphone de la maison puisqu'ils utilisent toujours leur cellulaire. Du coup, ils m'en ont aussi acheté un.

Il a sorti son téléphone et j'ai remarqué qu'il avait un étui d'Homer Simpson... en train de manger un beigne, évidemment!

—Ha, ha! Il est super cool!

—Merci. J'étais pas mal content quand ma mère me l'a donné. Pour une fois qu'elle m'offre un cadeau que j'aime!

Plus je parlais avec lui, plus je me disais que sa tête me disait quelque chose. Si je voulais en savoir plus, il fallait que je prenne les devants...

—Est-ce que tu es nouveau en danse-études?

—Non, c'est ma deuxième année.

Ah oui? Je côtoie souvent des élèves qui ne sont pas du même niveau que moi, mais lui, je ne le replaçais pas du tout.

—Tu es en deuxième secondaire? C'est drôle, tu as l'air d'avoir mon âge. Moi, je suis en troisième.

—Il paraît que j'ai pas mal grandi cet été...

—Est-ce qu'on s'est déjà vus?

—Je pense bien! Avant, j'avais les cheveux longs. Je les laissais pousser pour le Défi têtes rasées.

C'est pour ça!

Il a ouvert son cellulaire et a cherché quelque chose.

—Tiens, c'était moi l'année dernière au mois de mai.

Il m'a tendu l'appareil. C'était lui, ça? Mais il ne se ressemblait pas du tout! Le garçon de la photo avait des cheveux blonds qui descendaient jusqu'aux épaules. Une longue mèche lui barrait le front et cachait la moitié de ses yeux. Je comprenais pourquoi je ne les avais pas vus avant: il les cachait!

—Le Défi têtes rasées, c'est quoi au juste?

—On ramasse des sous pour les enfants qui ont le cancer et on se fait raser la tête en solidarité avec ceux qui suivent une chimiothérapie et qui perdent leurs cheveux.

—Wow! C'est un beau geste! Mais pourquoi as-tu fait allonger tes cheveux? Tu aurais pu participer même s'ils étaient courts, non?

—Oui, mais quand nos cheveux sont assez longs, on peut les donner et ils s'en servent pour faire des perruques.

Plus je parlais avec lui, plus ce garçon me plaisait.

Nous avons entendu madame Loiseau se lever, puis elle est sortie de son bureau.

—Excusez-moi, je n'étais plus capable de rac-crocher! Tu voulais me voir, Lili? Viens avec moi dans mon bureau. Je suis à toi dans un instant, Justin.

Ma rencontre avec madame Loiseau a été très rapide, juste le temps de lui donner un chèque et qu'elle me fasse un reçu. En sortant du bureau, j'ai recroisé le garçon avec qui j'avais commencé à discuter.

—Je voulais te demander ton nom, mais la directrice a répondu à ma question avant même que je te la pose!

—Même chose pour moi!

Quand j'y repense, il avait l'air vraiment sym-pathique.

Mais il est trop jeune...

Clara

7 septembre

Ce qui est chouette, c'est qu'on a toujours un long week-end après notre première semaine d'école. C'est ironique quand même, car c'est la fête du Travail, et... on est en congé! Mais il me semble que ces trois journées ont passé terriblement vite! Et notre prochaine longue fin de semaine ne sera qu'à la mi-octobre!

Là, l'école recommence pour de vrai. Je sais, j'ai dit la même chose la semaine dernière...

Ce matin, le prof de maths et la prof de sciences nous ont donné une montagne de devoirs. Je sens que ça va occuper toute ma soirée! J'arrive à mon casier un peu plus tard que les autres élèves parce que j'ai croisé ma prof de français de l'année dernière et que j'ai jasé avec elle quelques minutes. Assise par terre dans le corridor, Clémentine m'attend pour aller dîner. Nous devons rejoindre

Étienne, François et Luis qui sont probablement déjà à la cafétéria.

—Tu aurais pu aller manger, lui dis-je en fourrant rapidement mes effets dans mon casier.

—C'est pas grave. Je suis sortie quelques minutes dehors et je viens juste de revenir.

D'un bond, Clémentine se relève, son sac à lunch à la main. Elle est sortie dehors pour faire quoi? Je m'apprête à lui poser la question quand je sens une odeur bien reconnaissable. Ça sent la cigarette! Oui, oui, je ne rêve pas, c'est bien l'odeur du tabac. Et cette odeur vient de mon amie. Je me rapproche d'elle. Ses cheveux et même son chandail empestent.

—Clémentine, est-ce que tu fumes?

Mon amie paraît surprise. Elle se met à rire, mais je vois bien qu'elle est mal à l'aise.

—Ben non!

Elle sait que je ne la crois pas. Elle soupire, comme si ma question l'agaçait.

—En fait, oui, mais juste un peu. J'ai essayé avec mes cousins cet été. Juste pour le *fun*. J'en fume une de temps en temps.

Je me frappe le front avec la paume de ma main, complètement découragée par ce que je viens d'entendre.

—Mais voyons donc, Clémentine, on ne fume pas "pour le *fun*". C'est super dangereux, la cigarette, tu le sais!

— On parle d'autre chose, OK ? Ce n'est pas parce que je fume quelques fois par semaine UNE cigarette, que je ne finis même pas la plupart du temps, que je vais mourir du cancer du poumon. Allez, on va aller rejoindre les gars.

Pendant toute l'heure du dîner, je ne peux m'empêcher de penser à ce que Clémentine vient de me dire. Je dois la dévisager sans m'en rendre compte, car Étienne, par deux fois, me donne un coup de coude discret pour savoir ce que j'ai. À côté de nous, Luis et Frédéric parlent d'un film d'extraterrestres qu'ils ont vu cet été. Je les écoute à peine.

Je n'en reviens pas. Mon amie, ma meilleure amie, a commencé à fumer. Mon grand-père Jacques, qui fumait un paquet de cigarettes par jour, est mort d'un cancer de la gorge quand j'étais petite, alors c'est certain que ça me touche. Clémentine et moi, on ne s'est pas beaucoup vues cet été. Elle a passé plusieurs semaines au chalet de ses parents et de sa tante. Elle a trois cousins plus vieux qu'elle et deux petites cousines qui ne vont pas encore à l'école. Ses cousins s'appellent Ludovic, Léonard et Louis. Leurs parents aiment les noms qui commencent par la lettre L. Eux-mêmes s'appellent Luc et Lara. J'avais été marquée quand Clémentine m'avait énuméré leurs noms. Elle m'a souvent dit qu'elle trouvait ses cousins super cool. Il paraît qu'ils sont très beaux et que toutes les filles craquent pour eux. Mais la cigarette, c'est loin d'être cool, elle devrait le savoir.

Je suis tirée de ma rêverie par Clémentine qui tape énergiquement sur la table.

—Ça va faire!

Elle fourre ses petits plats de plastique dans son sac à lunch et nous quitte sans même dire au revoir. Les gars sont surpris.

—Voyons, qu'est-ce qu'elle a? me demande Étienne qui n'y comprend rien.

—Ben, c'est évident! Elle doit être dans sa semaine, lance François.

Luis se met à rire à gorge déployée, imité par François.

Misère! François n'a TELLEMENT pas le tour! Ce n'est pas la première fois qu'il sort des niaiseries pareilles. Il ne se rend vraiment pas compte que ce qu'il dit est complètement déplacé. Je le regarde froidement. Je n'ai même pas envie de lui répondre. Étienne, qui ne sait pas ce qui se passe, ne dit rien. Quand ils voient que la blague est tombée à plat, l'humoriste du dimanche et son comparse se taisent.

Il y a un malaise autour de la table, et pas qu'un petit.

—J'ai fini de manger. Je pense que je vais aller faire un tour ailleurs, dit François sans lever la tête.

—Je viens avec toi, annonce Luis qui est tout aussi embarrassé.

Une fois ses deux amis partis, Étienne me demande des explications. Je lui raconte ce que m'a confié Clémentine.

—Oh là… Je comprends ta réaction.

—C'est ma meilleure amie et elle ne m'en avait même pas parlé.

—Elle savait sûrement que tu ne serais pas d'accord.

—Mais qu'est-ce que je peux faire ?

—Je ne sais pas trop. Tu lui as dit ton avis et tu vois comment elle réagit. Laisse ça mort, peut-être que ça va lui passer. Clémentine a passé la moitié de l'été avec ses cousins, mais là, elle va reprendre sa routine. Je suppose qu'il y a de bonnes chances qu'elle arrête par elle-même.

—Je l'espère…

Clara

20 septembre

Chrystelle m'a invitée à souper ce soir. C'est chouette que je m'entende si bien avec ma belle-mère. Elle est tellement gentille ! Pour la remercier de son invitation, je lui ai fait des macarons. J'en ai préparé assez pour que toute la famille puisse en manger. Ils sont très beaux ! Il y en a aux framboises et d'autres au chocolat et au caramel salé. J'ai un petit penchant pour ces derniers.

C'était la première fois que je faisais cette recette et mes coques (faites à base de poudre d'amande et de meringue) étaient beaucoup trop grosses au début. Je me suis rendu compte de mon erreur en les sortant du four. Il a fallu que je recommence tout. Lili trouvait que c'était bon quand même et elle a refusé que je les jette. Elle en a mangé plusieurs pour déjeuner – oui, oui, pour déjeuner ! – et Violette en a même piqué une qui était sur la table, et elle a eu l'air de se régaler. Elle est un peu comme moi, la coquine, elle adore tout ce qui est au chocolat. Maman dit qu'elle avait assez d'une bibitte à sucre dans la maison !

Papa vient me reconduire chez Étienne à dix-sept heures. Ce seront ses parents qui me ramèneront à la maison ce soir. « Pas plus tard que vingt-deux heures ! » m'a dit papa. Je dois faire bien attention de suivre les règles, sinon mes parents pourraient encore m'enlever le privilège de visiter mon chum.

Je porte ma jupe courte en jeans et des leggings, car il commence à faire frais dehors, de même qu'un chandail cintré bleu marine à pois blancs. En anglais, on appelle ce motif *polka dot*. Je ne sais pas pourquoi, d'ailleurs...

Étienne m'accueille avec un grand sourire et un doux baiser. Ses cheveux dégagent un parfum frais.

— Viens, je suis en train de faire un casse-tête avec Flavie.

Au salon, la sœur d'Étienne est étendue sur le ventre devant des dizaines de morceaux éparpillés. Elle porte un bermuda rose et une blouse fleurie très jolie. Ses cheveux tressés tombent le long de son épaule et forment une sorte de serpent roux sur le sol. Avec l'une de ses jambes, elle flatte la belle Lolie qui somnole à ses côtés.

Je ne vois pas Chrystelle dans les environs. C'est bizarre. D'habitude, elle vient toujours m'accueillir quand j'arrive.

— Ta mère n'est pas là?

— Elle est au sous-sol. Elle est au téléphone depuis au moins une heure. Papa est même allé la rejoindre. Je ne sais pas du tout avec qui elle parle.

— Tu n'es pas curieux? Tu n'as pas essayé d'aller écouter ce qu'elle disait?

— J'ai ouvert la porte du sous-sol tantôt et j'ai tendu l'oreille, mais je ne suis pas arrivé à comprendre un mot. Elle semblait énervée.

Nous finissons le casse-tête avec Flavie. En fait, nous le finissons pour Flavie. On dirait que ça ne l'intéresse plus. Sitôt le casse-tête dans sa boîte, elle demande à Étienne de lui mettre un film.

— Lequel?

— Le mien.

Le sien? Mais de quel film parle-t-elle? Étienne a l'air de savoir exactement de quoi il s'agit. Il va sur Netflix et lui met ce qu'elle veut voir. C'est un film qui raconte la légende de Robin des bois, une version romancée. Nous laissons Flavie (et Lolie) au salon et nous allons à la cuisine.

La porte du sous-sol s'ouvre et les parents d'Étienne viennent nous rejoindre. Chrystelle a l'air surexcitée, comme une petite fille qui est sur le point d'ouvrir ses cadeaux de Noël. Elle a les joues toutes rouges.

—Ah! Clara, tu es là! Je ne t'ai même pas entendue arriver.

—C'était qui au téléphone? demande Étienne.

Chrystelle prend une grande inspiration et expire bruyamment. Elle regarde son mari en souriant.

—Est-ce que je lui dis?

Il hausse les épaules.

—Il va bien falloir le faire de toute façon.

Chrystelle hésite. Peut-être est-ce quelque chose de personnel dont elle ne veut pas parler devant moi.

—Je peux vous laisser seuls et aller au salon avec Flavie, si tu préfères. Ça ne me dérange pas.

Je fais un pas, mais Chrystelle met la main sur mon épaule.

—Non, non, reste. La seule chose, c'est qu'il faut me promettre de ne pas en parler. Pas avant la semaine prochaine, en tout cas.

Je crois que je n'ai jamais vu Chrystelle aussi mystérieuse.

—On vient de me demander de faire partie d'une tournée de spectacles avec d'autres chanteurs qui ont été populaires à la même époque que moi. Ça va s'appeler *Flash 90*.

Étienne est bouche bée.

— Ah oui! Il y a eu d'autres spectacles comme ça, non? *Flash 70*, *Flash 80*... J'ai même vu une émission là-dessus à la télévision il n'y a pas longtemps. C'est super, ça!

J'oublie parfois que Chrystelle est une ancienne chanteuse. Je l'entends souvent fredonner, je sais aussi que Flavie écoute ses albums, mais dans la vie de tous les jours, c'est une personne «normale». Je sais bien que les artistes ne sont pas des extraterrestres. Ce que je veux dire, c'est qu'il n'y a rien de *glamour* ou de *jet-set* dans sa vie. Elle est simplement la mère de mon chum.

— Étienne, ça veut dire que je vais être très occupée au cours des prochaines semaines. Vous allez devoir vous débrouiller sans moi certains soirs.

— Moi, je comprends, mais ça risque d'être plus difficile avec Flavie.

— Oui, je sais. Simon et moi ferons tout notre possible pour ne pas trop chambouler sa routine.

Simon lui sourit et ajoute:

— J'ai cumulé plusieurs journées de maladie ces dernières années. Ce sera l'occasion de les écouler.

Soudain, Chrystelle se frappe le front et regarde sa montre.

— Le souper! J'ai complètement oublié le souper! Je voulais faire des tournedos sur le BBQ avec des patates grecques. Il est beaucoup trop tard maintenant.

Simon la rassure.

— Je vais aller chercher une pizza au resto. Et on va ouvrir une bouteille de mousseux. Pour une fois qu'on a quelque chose à fêter!

Il se tourne vers nous.

— Une toute garnie, est-ce que ça vous va, les jeunes?

— Avec du bacon! lance Étienne qui salive déjà.

— Va pour le bacon!

Lili

25 septembre

Depuis que ma meilleure amie a un chum, je dois la partager avec lui… Jérôme est gentil, mais je passe beaucoup moins de temps toute seule avec Romy. En plus, comme Jérôme fait aussi partie du programme danse-études, il s'éloigne rarement. Je ne dis rien parce que Romy a sûrement vécu la même chose quand je sortais avec Grégory.

Alors que notre cours de ballet jazz est sur le point de débuter, les deux amoureux se minouchent encore dans le corridor. Je vais m'échauffer sans dire au revoir à mon amie. Je suis dans le groupe A et elle est dans le groupe B, alors on ne danse pas souvent ensemble.

Mika, notre prof, est assise sur une chaise dans le fond du local, son téléphone à la main. Elle sourit, mais j'ai l'impression qu'elle a les larmes aux yeux. Quand elle voit que quelques élèves la regardent, elle remet son téléphone dans son grand sac et renifle discrètement.

—Je m'excuse. C'est juste que la gardienne de mon garçon vient de m'envoyer une photo de lui qui dort. Il est trop beau !

Milan a presque neuf mois. C'est facile de calculer son âge, il est né le 1er janvier. Ce n'est pas la première fois que je sens notre prof émotive en parlant de son bébé. Je me souviens très bien de ma mère lorsqu'elle est retournée au boulot après la naissance de Violette. Ce n'était pas drôle !

Nous entamons notre échauffement et Mika redevient une prof de danse à 100 %. La sueur commence à perler sur mes tempes quand le cours est interrompu par Lucy, la mère de madame Loiseau. L'hiver dernier, Lucy a travaillé à l'école de danse pour remplacer sa fille, qui donnait elle-même les cours à la place de Mika. Un vrai jeu de chaises musicales ! J'ai passé plusieurs après-midi avec elle lorsque je me suis cassé la jambe. C'est même avec son aide que j'ai poussé Romy dans les bras de Jérôme. Cette année, madame Loiseau est de retour à son poste administratif, mais Lucy vient lui donner un coup de main de temps en temps.

—Mika, désolée de te déranger en plein cours. Chantale aimerait voir Lili et Louka à son bureau, s'il te plaît.

Mais pourquoi veut-elle nous voir ?

Nous sortons dans le corridor avec Lucy. Je n'aime pas la sensation de mes lunettes sur ma peau moite. Quand je danse, je les oublie, mais là, elles m'agacent franchement!

Romy nous attend déjà à côté du bureau, ainsi que Maria, une élève qui fait partie de son groupe. C'est de plus en plus bizarre. Je commence à être un peu inquiète. Je chuchote à Louka:

— Est-ce qu'on a fait quelque chose de grave?

— Non, non, ne t'en fais pas. Je pense que c'est à propos du cours de swing.

Madame Loiseau a décidé d'offrir des cours de swing un soir par semaine après l'école. Dès que je l'ai su, je me suis inscrite… après avoir demandé l'accord de mes parents, bien sûr. C'est eux qui paient, après tout! Je trouve ça chouette qu'on nous propose de nouveaux cours. Il y a des tonnes de sortes de danse. C'est sûr que je ne pourrai pas toutes les apprendre, mais j'ai bien l'intention d'en découvrir le plus possible.

Le seul petit hic pour ce cours, c'est qu'il faut être en couple. Je m'explique: je dois m'inscrire avec un garçon. Romy et Jérôme se sont inscrits ensemble et moi, j'ai pris Louka comme partenaire. J'ai hâte de commencer!

Lorsque nous entrons dans son bureau, madame Loiseau semble chercher quelque chose.

Elle soulève des piles de feuilles, ouvre des tiroirs, pousse un soupir d'exaspération et lève la tête.

— Oh! Je ne vous avais pas entendus arriver. Je cherche mes lunettes. J'ai un rendez-vous très important, mais je ne peux pas y aller sans mes lunettes.

Je ne comprends pas. Est-ce qu'elle nous a convoqués pour l'aider à chercher ses lunettes? D'ailleurs, elles sont sur sa tête. Lucy lui fait la remarque avant moi.

— Chantale, elles sont là, dit-elle en pointant ses cheveux du doigt.

— Ah! Et moi qui cherche comme une folle depuis cinq minutes! Merci.

Elle prend son sac à main et sa veste qui était déposée sur sa chaise. Elle a l'air pressée.

— Ce n'est pas pour ça que j'ai demandé à vous voir. J'ai fait le tour des groupes de première et deuxième secondaire tantôt, mais comme je dois m'en aller dans exactement deux minutes, je n'aurais pas eu le temps d'aller dans vos classes. Pourriez-vous dire aux autres que les cours de swing commencent demain? Vous devez avoir des souliers à talons plats, autant les filles que les garçons. J'ai aussi fait une erreur sur le montant que j'ai facturé à vos parents. Donnez-leur cette enveloppe, elle contient un chèque à leur intention.

Et voici celles que vous devez remettre aux autres élèves inscrits.

Elle nous tend les enveloppes, mais après vérification, il manque celle de Romy. De nouveau, madame Loiseau soulève tous les documents sur son bureau pour la retrouver. Quelques feuilles tombent sur le sol et je me penche pour les ramasser. L'une d'elles a volé jusque sous son bureau. Je me rends compte que c'est la liste des élèves inscrits au cours de swing. Je la parcours rapidement des yeux. Il y a une quinzaine de noms. À tout hasard, je cherche celui de Justin. Zut! Je ne connais même pas son nom de famille. Ce garçon m'intrigue, j'ai envie de le connaître un peu plus, mais comme il est un an plus jeune que moi, il n'y a aucune chance qu'il soit dans un de mes cours à la polyvalente. Malheureusement, il n'y a pas de Justin sur cette liste. Je remets les feuilles à madame Loiseau, un peu déçue. Celle-ci a enfin trouvé l'enveloppe destinée à mon amie.

Lucy, dont j'avais presque oublié la présence, fait tinter ses clés dans les airs, attirant ainsi l'attention de sa fille.

—Ne cherche pas tes clés, Chantale, on va prendre mon auto.

Lucy se tourne vers nous avec une drôle de mimique.

—Vous voyez, je fais encore le taxi pour ma fille de trente-neuf ans !

Nous retournons à nos cours, mais avant, nous faisons un petit crochet par le vestiaire pour déposer notre enveloppe dans notre sac d'école. J'en profite aussi pour passer par le petit coin. Mes règles ont pointé le nez ce matin et le premier jour, c'est souvent le déluge. J'ai toujours peur de tacher mes petites culottes et mes leggings de danse. Je bouge tellement en dansant qu'il arrive que ma serviette hygiénique se déplace.

Après une petite gorgée d'eau à la fontaine située près des toilettes, je suis enfin prête à reprendre mon cours. Tiens, tiens, il fallait bien que je pense à Justin pour le croiser. Il est en nage. Ses cheveux humides de sueur sont plaqués sur son crâne.

—Salut ! Tu as décidé de te sauver de ton cours ! lui dis-je en blaguant.

—Mais non, voyons, je suis un gentil garçon. Je viens seulement remplir ma bouteille d'eau. On en bave en ballet jazz cet après-midi, c'est moi qui te le dis !

—Je sais ce que c'est. Au fait, tu n'avais pas envie de t'inscrire au cours de swing du mardi soir ?

Justin ébouriffe ses cheveux. Une mèche reste droite dans les airs. Il a la tête d'un chat qui vient de sortir du bain.

—J'y ai pensé, mais le temps que je me décide, il n'y avait plus de place. Le nombre d'inscriptions était limité.

—Ah oui? Je ne savais pas.

—Les deux profs qui donnent le cours n'ont pas beaucoup d'expérience d'après ce que j'ai compris. Ils préféraient avoir un plus petit groupe.

—Dommage…

—C'est juste partie remise! J'y retourne. À la prochaine!

J'espère que ce sera bientôt!

Lili

28 septembre

—Lili, il faut que je te dise quelque chose.

—Vas-y.

—Tu ne m'aimeras pas.

Louka me regarde d'un air piteux et baisse les yeux.

—Mais voyons, Louka, je vais toujouuuuuuurs t'aimer, tu le sais bien!

—Je ne pourrai pas suivre les cours de swing.

—Hein! Comment ça?

Je manque de tomber en bas de mon banc d'autobus tellement je suis surprise. J'ai sûrement mal entendu. On en parle depuis une semaine. On a regardé plein de vidéos sur YouTube et on a même commencé à apprendre par nous-mêmes.

—Ma psy ne peut plus me voir le lundi. Le seul trou qu'elle a à son horaire, c'est le mardi à dix-huit heures.

Ah non! Je me faisais une telle joie de suivre ce cours! Je suis déçue et un peu fâchée aussi, mais je ne peux pas lui en vouloir. Je sais que ses rencontres avec la psychologue lui font beaucoup de bien. Sa psy a un nom bizarre, elle s'appelle Maëlodie. Elle a l'air d'avoir le tour avec mon ami. Il m'en parle souvent. Elle l'aide à mieux gérer son deuil et sa « possible » homosexualité. Il se sent beaucoup mieux depuis qu'il la rencontre.

Je me cale dans mon siège même s'il est très dur. Pourquoi a-t-on toujours l'impression d'être assis sur un bloc de béton quand on est dans un autobus scolaire? C'est zéro confortable.

Louka a l'air désolé. Il pose sa main sur mon épaule.

—Quelqu'un d'autre pourrait peut-être y aller avec toi?

—Ça prend un gars. Danser le swing avec une fille, ce n'est pas la même chose. Quel gars pourrait danser avec moi?

Comme je finis ma phrase, je pense à Justin. Je ne le connais pas beaucoup, mais quand je lui ai parlé la dernière fois, il avait l'air intéressé par ce cours. Est-ce qu'il voudrait être mon partenaire? Je ne sais même pas s'il est bon danseur. Est-ce que c'est vraiment important? Mmm… oui, quand même. Je n'ai pas envie qu'il me pile sur les pieds! Je pourrais peut-être essayer de l'épier dans un de ses cours cet après-midi. Il n'y a pas cinquante-six salles de danse à l'école, je ne devrais donc pas avoir trop de difficulté à le trouver. Il y a toujours une fenêtre rectangulaire à côté de chaque porte, je pourrais regarder par là sans qu'on me remarque.

C'est décidé, s'il passe le test, je lui demande de s'inscrire avec moi.

J'ai réussi à sortir de mon cours de claquettes en prétextant une envie pressante. Cette excuse fonctionne à tous les coups, mais il ne faut pas en abuser. J'enlève mes chaussures à semelle métallique pour rester discrète. Les trois premiers locaux que je vérifie sont occupés par des élèves plus vieux que moi, le quatrième par des élèves de première secondaire. Finalement, à travers la fenêtre du cinquième local, je repère un groupe de deuxième secondaire. J'ai une chance sur deux que Justin soit ici, car il y a un groupe A et un groupe B à chaque niveau.

Je le vois, il est de dos. Il écoute les instructions de son prof. Ça semble être un cours de ballet classique. La musique débute. Ça y est, il va commencer à danser !

—Lili, qu'est-ce que tu fais là ?

Je sursaute et tombe presque à la renverse. Je ne m'attendais pas à me faire surprendre. Fiou! Ce n'est que Lucy. Je m'éloigne un peu de la fenêtre pour que les personnes à l'intérieur de la classe ne me voient pas.

— Chut! Il ne faut pas qu'il sache que je suis là.

— Mais de qui parles-tu?

Je peux bien mettre Lucy dans la confidence. Elle connaît déjà presque tout de ma vie.

— De Justin. Un garçon qui est dans ce groupe.

— Et tu ne peux pas le voir à la polyvalente, ce Justin? Pourquoi faut-il que tu l'épies dans un de ses cours?

— Je veux savoir s'il danse bien. C'est pour les cours de swing. Louka a un empêchement et je dois me trouver un nouveau partenaire.

Lucy m'interrompt.

— Ma belle Lili, je ne pense pas que ce soit approprié de l'espionner ainsi. N'as-tu pas toi-même un cours à suivre? dit-elle en désignant du menton les chaussures que je tiens à la main.

Je baisse les yeux.

Lucy me raccompagne jusqu'à mon local. Avant que je réintègre mon cours, elle prend doucement ma main.

— L'important, ce n'est pas d'être un pro. Si ce garçon a du plaisir à danser, que peux-tu lui demander de plus? Au pire, s'il éprouve des difficultés, il pourra apprendre d'une élève de grand talent.

Je réfléchis aux paroles de Lucy et je me décide : ce soir, avant de prendre l'autobus, j'essaierai d'attraper Justin pour lui demander s'il a envie de s'inscrire avec moi.

Clara

29 septembre

Aujourd'hui, nous sommes en journée pédagogique. Pas d'école, yé! C'est un peu bizarre d'avoir
congé un mercredi, au milieu de la semaine. Ma
sœur aura congé vendredi. Je trouve que c'est
beaucoup plus intéressant parce que ça lui fait une
fin de semaine de trois jours. Moi, demain matin,
je retourne à l'école. En fait, Lili ne sera même pas
vraiment en congé vendredi puisqu'elle doit garder
Laurence et Mathys. Parce qu'elle va à l'école
publique, ses journées pédagogiques tombent
souvent en même temps que celles du primaire.
Au privé, on ne fait jamais rien comme les autres!

Pour faire changement, Étienne est venu chez
moi aujourd'hui. Nous avons loué un film que
nous allons regarder en mangeant plein de pop
corn. Quand Violette est à la maison, on ne peut
jamais en faire, car elle pourrait s'étouffer avec les

grains. Comme elle est à la garderie, j'en profite ! J'ai trouvé une recette de pop corn au caramel et j'en ai préparé un gros bol. Si Étienne n'aime pas ça, ce n'est pas grave, je le garderai pour moi et je ferai du pop corn beurre et sel pour mon amoureux.

Nous avons mis beaucoup de temps pour choisir notre film. Lui avait envie d'un film d'action et moi d'une comédie. J'aurais encore mieux aimé un film romantique (appelé aussi un « film de filles »), mais je ne lui en ai même pas parlé. Je savais qu'il aurait refusé. Finalement, on a coupé la poire en deux : on a loué une comédie policière américaine. Et vu que mes parents ne sont pas là, nous allons pouvoir écouter la version française ! Mon père et ma mère sont très à cheval là-dessus : si un film a été tourné en anglais, alors on l'écoute en anglais. Ils pensent qu'on va devenir bilingues comme ça. À écouter ma sœur baragouiner, je suis très loin d'en être convaincue. Et je ne suis pas tellement mieux !

Avant de commencer notre film, on se promène un peu autour du pâté de maisons. J'ai pris un gros dîner, ça va me faire du bien de marcher pour faire descendre ma poitrine de poulet, ma portion de riz et de brocolis, sans compter la pointe de tarte au citron ! Il faut que je fasse de la place pour le pop corn aussi !

Il fait beau, mais un peu frisquet. Finies les promenades en t-shirt et en short. Depuis plusieurs jours déjà, j'ai retrouvé mes bons vieux jeans et ma veste à capuchon en tissu tout mou. Nous marchons main dans la main d'un pas rapide.

— Clara, il faut que je te parle de quelque chose…

Étienne a employé un ton inquiet, ce qui n'est pas dans ses habitudes.

— On dirait que tu vas m'annoncer une mauvaise nouvelle.

Cinquante scénarios se bousculent dans mon esprit : il veut me laisser, il ne m'aime plus, il a rencontré une autre fille, il aime ma sœur, il déménage à l'autre bout du pays, il change d'école…

CLARA, c'est assez ! Arrête d'imaginer le pire et laisse-le parler.

— J'ai une bonne et une mauvaise nouvelle.

C'est moins pire que je le croyais. Mais cette phrase clichée ne me rassure pas tant que ça.

— J'écoute.

Étienne inspire profondément, serre ma main un peu plus fort et dit sans me regarder :

— Je t'ai menti.

— Quoi ?

— En fait, il y a une chose que je ne t'ai pas dite.

Ça ne lui ressemble pas, ça… Il poursuit :

—Je l'ai fait pour toi. Je voulais te faire une surprise.

Je secoue la tête comme pour essayer de mettre de l'ordre dans mes idées. Il me donne tant d'informations en même temps que je n'y comprends rien. Je m'arrête et le regarde dans les yeux. Il semble mal à l'aise, je n'aime pas le voir ainsi. Et je n'aime pas savoir qu'il ne m'a pas dit quelque chose. Il a sûrement de bonnes raisons, reste à savoir lesquelles.

—OK, je vais tout t'expliquer. Au printemps, tu m'as écrit un poème que j'ai beaucoup aimé.

—Lequel?

—Celui qui parle de la recette du bonheur.

—Ah oui, je me souviens.

Je me demande bien ce que mon poème vient faire dans cette histoire...

—Peu de temps après, je suis tombé par hasard sur un concours de poésie pour adolescents organisé par Télé-Canada. J'avais ton poème, là, sur mon bureau, à côté de mon clavier.

Mon cœur commence à battre la chamade. Aurait-il... aurait-il...

—J'ai envoyé ton poème au concours.

—Sans m'en parler?

—Si je l'avais fait, tu aurais refusé.

C'est vrai. Je n'aime pas tellement participer à des concours. C'est plus le genre de ma sœur.

— Est-ce que tu m'en veux ? demande-t-il d'une petite voix.

Il faut que j'y réfléchisse quelques secondes. Est-ce que je suis fâchée contre lui ? Je ne crois pas. Je suis surtout très étonnée qu'il ait fait ça. Il m'aime, il aime mes poèmes, je sais très bien qu'il n'aurait jamais voulu me ridiculiser. C'est un geste d'amour.

— Non, je ne t'en veux pas. Pourquoi as-tu décidé de m'en parler aujourd'hui ?

— C'est ça la bonne nouvelle : ton poème a été choisi parmi les dix finalistes.

Un peu plus et je tomberais par terre. Mon poème est parmi les dix meilleurs ? Je n'en reviens pas.

— Ça ne se peut pas. Es-tu sûr de ce que tu dis ?

— Si tu ne me crois pas, lis la lettre que j'ai reçue. J'avais donné mon adresse, alors c'est chez moi qu'elle a été envoyée.

Il sort une enveloppe de la poche de ses jeans. Elle est un peu fripée. Elle ne contient qu'une feuille. Je l'ouvre et je la lis en diagonale. « Chère mademoiselle Perrier, félicitations… parmi les dix finalistes… plus de 325 poèmes reçus… remise des prix le 16 décembre… cordialement invitée… Michel Robert, V.-P. programmation, Télé-Canada. »

Je suis sonnée. Tout à coup, j'ai chaud. On dirait que je viens d'attraper un coup de soleil au visage. Mes joues doivent être aussi rouges qu'un coquelicot.

—Tu es invitée à la remise des prix, tu as vu?

Je réponds tel un automate.

—Oui, oui.

—Tu peux emmener autant de personnes que tu veux avec toi.

—Oui, oui.

Mon regard est fixe. J'ai les yeux ouverts, mais en fait, je ne vois rien. J'essaie de me souvenir des vers que j'ai écrits. Ce qui m'arrive est complètement fou.

—Clara, tu m'écoutes?

Je sors de ma bulle.

—Qu'est-ce que tu disais?

—Que j'aimerais bien venir avec toi à cette soirée. Ma mère aussi.

—Pas de problème. Mais il va d'abord falloir que je mette mes parents au courant.

Étienne me prend dans ses bras et me serre très fort.

Clara

5 octobre

Depuis quelques semaines, il y a une certaine tension entre Clémentine et moi à cause de la cigarette. J'essaie de ne pas trop en parler, mais j'y pense tout le temps; c'est comme s'il y avait un éléphant dans la pièce. On a beau ne pas aborder le sujet, on sait toutes les deux que dans son sac ou sa poche de manteau, il y a un paquet de cigarettes et qu'elle sort fumer presque tous les jours.

Je ne peux m'empêcher de me crisper quand elle me lance : « Je te rejoins tout de suite » ou « Je reviens dans deux minutes ». Elle ne dit jamais qu'elle va fumer, mais je sais que c'est ce qu'elle va faire. Et souvent, ça s'étire sur plus que deux minutes. On dirait qu'elle s'est fait quelques « copains de nicotine » qui lui tiennent compagnie dehors. Je les vois rigoler parfois à travers les nuages de fumée. Je suis jalouse. Non pas qu'elle fume, mais qu'elle soit en train de devenir complice avec d'autres personnes que moi.

Ce midi, à ma grande surprise, elle me suit jusqu'à la cafétéria. Pas de pause cigarette. Je n'ose pas lui demander pourquoi. Clémentine a l'air un peu agacée ou préoccupée. Elle commence à manger son sandwich en silence. Je sais que j'avais décidé de ne pas la questionner, mais je change d'avis. Je prends une bonne inspiration.

— As-tu envie de me dire ce qui se passe ?

Elle fait un geste de la main pour me signifier qu'elle n'a pas le goût d'en parler. Je n'insiste pas et je vais faire chauffer mon plat de lasagne. De retour à la table, elle semble prête à me parler.

— Ma mère a découvert mon paquet de cigarettes en voulant laver mon coupe-vent. J'ai eu droit à la crise du siècle. Elle peut bien parler, elle fume vingt-cinq cigarettes par jour, alors que moi, c'est seulement une ou deux. Presque rien.

J'ai peur de mettre de l'huile sur le feu si je dis quelque chose, alors je me tais. Mais mon silence a l'air de déranger mon amie.

— Es-tu fâchée ? Pourquoi tu ne parles pas ?

Je la regarde de l'air le plus doux dont je suis capable. Je n'ai pas envie de me chicaner avec elle.

— Je ne suis pas fâchée.

Mon silence la rend agressive.

—On sait bien, toi, tu es la petite fille parfaite. Tu ne fais jamais rien de mal, tu n'as aucun mauvais pli.

—N'importe quoi!

Ce que vient de dire mon amie me fait de la peine. Je n'ai jamais pensé être meilleure qu'elle, au contraire. Je suis toujours en train de me remettre en question. Souvent, j'aimerais bien mieux être elle que moi.

Clémentine donne un brusque coup de fourchette dans sa salade et plusieurs feuilles de laitue sont projetées sur la table. Elle soupire d'agacement. J'essaie de retrouver mon calme. Si je m'énerve trop, je vais empirer la situation.

—Je n'aime pas que tu fumes, tu le sais. Moi aussi, je trouve que ça n'a pas d'allure.

—Ça ne peut pas me faire beaucoup de mal. Et le cancer, c'est juste les vieux qui ont ça. Quand on va avoir cet âge-là, les chercheurs vont sûrement avoir trouvé un médicament pour le guérir.

—OK, mais savais-tu que la cigarette cause plus de caries? Et que tes dents vont finir aussi par être aussi jaunes que... la moutarde qu'on met dans les hot-dogs! L'odeur s'imprègne partout, dans les vêtements, les cheveux... Tu veux vraiment dépenser tout ton argent pour acheter ces saletés?

Clémentine paraît un peu déstabilisée. C'est parfait. Je la vois même passer la langue sur ses dents, comme pour vérifier qu'elles sont toujours là. Il y a une semaine ou deux, quand j'ai su que mon amie fumait encore régulièrement, j'ai fait quelques recherches sur Internet pour trouver des arguments contre sa mauvaise habitude.

Je pense que je n'ai pas besoin d'en rajouter. Je vais laisser mes paroles faire leur petit bonhomme de chemin dans sa tête. La ville de Rome ne s'est pas construite en un jour, n'est-ce pas ? Je suis sûre que nous aurons l'occasion d'en reparler bientôt.

Lili

C'est trop cool, le swing! J'avais regardé quelques vidéos, essayé quelques pas, mais c'est en commençant les cours que j'ai compris que **J'ADORAIS** ce style de danse. Je trouve que l'énergie qui s'en dégage me fait penser un peu à la claquette. Certains mouvements s'en rapprochent aussi. C'est une danse festive, qui fait sourire.

Au premier cours, Serine, l'un des deux profs, nous a présenté une courte histoire du swing. Le swing s'appelle aussi le Lindy Hop et il a été créé dans les années 1920. Ça fait presque cent ans! À l'origine, c'était une danse de rue issue de Harlem, à New York, mais elle a aussi été très influencée par le charleston.

Raphaël et Serine, nos deux professeurs, sont dans la vingtaine. D'après ce que j'ai compris, ils sont cousins. Je n'avais jamais entendu le nom

Serine avant, mais ce n'est pas un nom inventé, loin de là. Il paraît qu'il est très populaire dans les pays arabes. Le père de Serine est palestinien et sa mère est une Québécoise du Lac-Saint-Jean. Serine a la peau plus foncée que la mienne, avec des cheveux et des yeux brun chocolat. Mais elle n'a pas d'accent du tout, car elle est née ici.

Après le dernier cours, elle et moi sommes restées assises pendant une bonne demi-heure à attendre nos parents, alors que tous les autres étaient partis. Au début, je dessinais dans mon calepin, mais au bout d'un moment, on s'est mises à jaser. J'avais du temps, car papa m'avait oubliée (je le sais parce que j'ai emprunté le cellulaire de Serine et c'est ce qu'il m'a dit). Le père de Serine ne l'avait pas oubliée, lui, mais il était coincé dans le trafic. Je pensais que toutes les personnes de l'âge de ma prof avaient un permis de conduire, mais ça a l'air que non. Aucun autobus ne se rend à sa rue, alors ses parents font souvent office de taxis. « Mais je suis enfant unique, ils n'ont donc que moi à balader d'un bout à l'autre de la ville ! »

Serine est super sympathique et aussi très énergique. Quand elle donne ses cours, elle porte une blouse blanche, une jupe mi-longue et des souliers plats lacés. Si elle tourne, la jupe remonte très haut dans les airs et ça ressemble un peu à une fleur. C'est très rétro. Raphaël est habillé dans le même style avec son pantalon noir, sa chemise blanche et son petit gilet déboutonné. Il nous a dit que, parfois, il aime même mettre des bretelles ! Je n'ai jamais vu personne en porter, à part peut-être dans les films... Mais il paraît que c'était à la mode dans les années 1930 et 1940, au temps fort du swing.

En même temps que j'apprends de nouveaux pas de danse, je découvre aussi un nouveau genre de musique. Ces chansons ont un rythme entraînant qui donne des fourmis dans les jambes. Même mes parents connaissent quelques morceaux, comme ceux de Glenn Miller. Papa dit que c'est le dieu du jazz !

Un soir, Lucy est restée un peu plus tard et je l'ai vue ouvrir la porte de notre local pour écouter la musique. Elle avait un sourire accroché aux lèvres et se dandinait sur place. Je lui ai offert de se joindre à nous, mais elle a décliné mon offre en riant. Cette musique est presque de son temps. En fait, il ne faut pas que j'exagère ! Mais elle est probablement née à l'époque où le swing était populaire.

J'ai gardé le meilleur pour la fin : c'est Justin qui m'accompagne dans les cours ! Ses yeux ont brillé quand je lui ai expliqué mon problème. Il m'a répondu : « Si ça m'intéresse ? C'est sûr ! »

Depuis, Romy n'arrête pas de m'agacer à propos de Justin parce qu'il est en deuxième secondaire.

—L'année dernière, tu me répétais qu'Elias était trop vieux pour moi et là, ton partenaire est plus jeune que toi. Tu ne trouves pas ça drôle ?

—Romy Foucreault ! Elias était majeur ! Justin n'a qu'un an de moins que moi.

—Quinze mois ! Tu m'as dit l'autre jour qu'il était né à la fin du mois de mai.

—D'accord, si ça peut te faire plaisir… Mais ce n'est pas mon chum. C'est juste…

—… ton partenaire de danse, je sais.

Je n'aime pas quand Romy finit mes phrases. Elle m'agace. Mais je sais que ce sont des taquineries. Elle le fait parce que c'est ma meilleure amie et qu'elle me connaît par cœur !

J'avais peur que Justin ne danse pas bien, mais je peux maintenant dire haut et fort que c'est tout le contraire.

—Tu n'as jamais dansé le swing ? lui ai-je demandé après le premier cours.

—Jamais.

—On ne dirait pas, en tout cas !

—Ça doit être parce que j'aime ça !

Et je ne suis pas la seule à avoir remarqué qu'il est doué. La preuve, ce midi, alors qu'on parlait de danse, comme d'habitude, Jérôme s'est exclamé :

—Ne pensez pas que je suis jaloux, mais le p'tit, il ne donne pas sa place !

Le p'tit ? Je n'ai pas tout de suite compris de qui il parlait. Il écarquillait les yeux, comme si c'était une évidence.

—Le p'tit, c'est Justin !

—Ah, OK.

Je trouvais que ce surnom n'était pas très respectueux. Justin n'est pas le seul élève de deuxième secondaire inscrit à ce cours. Et ce n'est pas comme si Jérôme ne connaissait pas son nom. Pour m'occuper les mains, j'ai enlevé mes lunettes et je les ai nettoyées du mieux que je pouvais, mais c'était peine perdue. On aurait dit qu'elles étaient tout aussi sales lorsque je les ai remises sur mon nez.

Romy a dû sentir que je m'étais crispée, car elle a mis la main sur mon épaule, comme pour me calmer.

—Ce que Jérôme veut dire, c'est qu'on a tous constaté qu'il avait le sens du rythme. Tu es chanceuse d'avoir un aussi bon partenaire.

Louka a pris un air piteux. Habituellement, je fais tout mon possible pour ne pas trop parler des cours de swing devant lui, de peur qu'il ait de la peine d'avoir annulé son inscription.

—Toi, Louka, tu es irremplaçable ! lui ai-je dit en le serrant dans mes bras.

Au moment même où j'enlaçais mon ami, j'ai vu Justin qui passait un peu plus loin. Il a jeté un coup d'œil dans ma direction, puis il a détourné son regard rapidement. J'ai figé et j'ai lâché mon étreinte. Je ne voulais pas qu'il pense que ma relation avec Louka est plus qu'amicale...

Quel malentendu !

Clara

26 octobre

Je suis jalouse. Jalouse de ces nonos qui fument et qui me volent mon amie. Je sais, je viens de dire un gros mot. Mais aucun autre mot ne pourrait exprimer ce que je pense d'eux. C'est quoi l'idée de fumer quand on a toute la vie devant soi? Pourquoi Clémentine ne réalise-t-elle pas que c'est mauvais pour elle? Elle croit que les jeunes avec qui elle fume sont sympathiques, mais en dehors de ces «séances de boucane», ils ne lui parlent jamais. Juste un petit signe de la main dans le corridor, comme pour dire «Hey! Voilà une autre de notre gang», mais c'est tout.

Pendant un temps, je me suis dit qu'elle avait peut-être envie d'avoir plus d'amis. On est toujours ensemble et c'est vrai que je suis un peu moins disponible pour elle maintenant que j'ai un chum. Mais je ne l'ai pas oubliée, loin de là.

J'ai eu le loisir d'observer les fumeurs à quelques reprises. Ce sont presque tous des élèves plus vieux que nous. C'est peut-être ce qui l'attire. Elle doit trouver ça valorisant de faire partie de ce groupe.

Est-ce que je noircis trop le tableau? Ce n'est quand même pas la fin du monde. Elle ne passe pas toutes ses pauses à l'extérieur avec eux pour en griller une. Et leurs conversations semblent superficielles. Au fond, c'est avec moi qu'elle continue d'ouvrir son cœur. Au début, elle n'a pas été franche envers moi au sujet de la cigarette, mais depuis, elle fait bien attention à ne pas aborder le sujet. À part ce petit tube de tabac, notre relation est restée la même.

Lili s'est mise en tête de me dessiner une robe pour la remise de prix du concours de poésie. Elle a fait plusieurs dessins et aujourd'hui, elle veut me les montrer pour que je fasse un choix. Je ne veux pas la contrarier ou la décevoir, mais je ne suis pas sûre qu'une de ses robes me plaise… Nous n'avons pas exactement les mêmes goûts vestimentaires, même si on s'emprunte certains vêtements à l'occasion. Lili aime les couleurs plus « flash » que moi. Elle aime aussi les coupes plus audacieuses ou plus originales. Ça fait partie de sa personnalité.

Avant que Lili m'en parle, je n'avais pas encore pensé à ce que je mettrais à la remise des prix. C'est dans plus d'un mois, après tout! En plus, ma jupe de jeans et mon chandail en tricot rose pâle feraient l'affaire. C'est un ensemble qui me va bien. Quand je l'ai souligné à ma sœur, elle m'a presque fait une scène en me disant que c'était trop « normal ». « Pour la gagnante, il faut une tenue de gagnante », a-t-elle ajouté. Je lui ai répondu que j'avais seulement une chance sur dix de remporter le premier prix... Mais elle n'a rien voulu entendre.

J'attends donc Lili dans notre chambre pour voir ses fameux dessins. Je me suis coupé une tranche de pomme verte que j'ai saupoudrée de sel et je la mange tout en lisant mon roman *A, comme aujourd'hui*. Je dois le remettre à la bibliothèque dans trois jours et je ne suis pas très avancée. Je voudrais bien le terminer avant de le rendre, car il est super bon. C'est l'histoire d'un adolescent qui se réveille chaque jour dans un corps différent. C'est le premier roman de ce genre que je lis, et je suis déstabilisée!

Lili n'arrive pas. Qu'est-ce qu'elle fait? Elle est descendue il y a au moins dix minutes pour aller chercher son cahier à dessins dans son sac à dos au salon. Elle n'a pas de devoir ce week-end, la chanceuse. Pourtant, maman déteste quand notre sac traîne sur le plancher du salon. Elle a averti Lili deux fois ce matin, mais ma sœur lui a répondu « tantôt, tantôt ».

Ah! Lili s'en vient. Enfin! Je l'entends monter l'escalier. Son pas est lourd. Est-ce qu'il s'est passé quelque chose?

Lili entre dans notre chambre et claque la porte derrière elle. Elle tient son cahier sous son bras.

— Qu'est-ce qui se passe? Pourquoi t'es fâchée comme ça?

— C'est à cause de Violette.

Violette? Qu'est-ce que Violette a bien pu faire? Elle n'a même pas encore deux ans!

— Elle a barbouillé dans mon cahier à dessins! grogne-t-elle.

Elle l'ouvre et me montre les dégâts. Ouin... C'est vrai que c'est frustrant. Violette a pris un stylo bleu et elle a gribouillé sur deux pages où Lili avait dessiné des robes. Et elle a appuyé si fort avec son crayon qu'elle a déchiré le papier.

— Ce n'est pas de sa faute, elle ne pouvait pas savoir.

— Papa et maman auraient dû mieux la surveiller. Tout ce qu'ils ont trouvé à me dire, c'est que je n'aurais pas dû laisser mon sac en bas.

Je n'ajouterai pas qu'elle a un peu couru après, elle serait encore plus fâchée. Ces temps-ci, Violette explore ; elle vide les armoires, elle attrape tout ce qui est à sa portée. Elle aurait très bien pu aussi mâchouiller son cahier. Ou le jeter dans les toilettes. Violette fait une fixation sur les toilettes et sur la poubelle. On y retrouve tout plein de surprises !

— Ce n'est pas grave, montre-moi quand même tes dessins.

Lili soupire et s'assoit sur mon lit. Elle me tend son cahier.

— Les dessins que j'ai faits pour toi sont sur ces quatre pages-là.

C'est vrai que Lili a du talent... et de l'imagination ! Où va-t-elle trouver toutes ses idées ? C'est drôle parce qu'elle me pose la même question quand elle lit mes poèmes. Il faut croire qu'on a chacune nos forces !

Je regarde les dessins de ma sœur un long moment.

— Hum... Je ne sais pas trop. Ce sont de belles robes, mais on dirait qu'elles ne vont pas avec ma personnalité.

— Alors tu n'aimes pas ça.

— Ben... Je ne veux pas te faire de peine...

Lili referme brusquement son cahier. Elle fait mine de partir, mais je prends sa main pour la retenir.

— Attends.

Lili se rassoit et sans que je m'y attende, elle se met à pleurer. Oh non! Je ne voulais pas la blesser. J'ai le cœur brisé de la voir ainsi. J'enlève ses lunettes et les dépose sur ma commode. De grosses larmes coulent sur les joues de ma sœur. Je la prends dans mes bras et elle cale son visage dans mon cou. Nous restons longtemps dans cette position, jusqu'à ce que je sente mon bras engourdi. Lili s'est calmée, mais son nez est encore rouge et ses yeux sont bouffis.

— Ce n'est pas de ta faute, finit-elle par me dire d'une petite voix. Je n'aurais pas dû réagir comme ça.

— Tu étais déjà énervée parce que Violette a dessiné dans ton cahier. Ç'a été la goutte qui a fait déborder le vase.

— Mmm, mmm.

Elle fait glisser ses doigts sur son cahier. Je ne veux pas mettre de l'huile sur le feu, mais je pense que je devrais lui expliquer un peu plus ma réponse.

— Tes robes sont super belles, je te verrais tout à fait les porter, mais elles sont trop courtes pour moi, trop décolletées…

Lili m'écoute en essuyant ses yeux avec la manche de son chandail en coton gris muni d'une poche kangourou à l'avant. Mon chandail, en fait.

—C'est correct, je comprends. Bon, je pense que je vais faire une petite sieste. Ça va me faire du bien. Réveille-moi dans une heure si je dors toujours, OK ?

Je hoche la tête. Lili traverse la chambre jusqu'à son lit, elle se glisse sous sa grosse couverture fleurie et se recroqueville. Cinq minutes plus tard, elle dort.

Pendant que ma sœur joue à la belle au bois dormant, j'en profite pour préparer une croustade aux pommes avec plein de cannelle. C'est le plat réconfortant par excellence, en plein ce dont Lili a besoin.

Violette me regarde éplucher et couper les pommes. Je lui en donne quelques morceaux qu'elle suçote, puis elle les mange à petites bouchées. « Bon, bon ! » dit-elle en se tapant le ventre. Elle est trop mignonne !

Après quarante-cinq minutes de cuisson, je sors la croustade du four. Alors qu'une délicieuse odeur envahit la cuisine, Lili vient me rejoindre. Peut-être a-t-elle été réveillée par l'arôme de mon dessert. Elle est encore endormie, mais elle semble en meilleure forme que tantôt.

— Tu as les marques de ton oreiller imprimées sur ta joue !

Je ris un peu.

Lili se frotte le visage et étire sa peau, mais cela ne change rien.

— Ça sent bon. Est-ce que je peux en prendre un morceau ?

Du salon, maman, qui est en train de faire des exercices, s'étire le cou et nous lance un avertissement :

— Juste un petit morceau, Lili. Il faut que tu te gardes de la place pour le souper. On mange de la pizza, ce soir.

— Miam, de la pizza, chuchote ma sœur. J'espère qu'elle oubliera de mettre des champignons et des poivrons, par contre. Ça gâche mon plaisir.

— Ce serait bien qu'elle mette du bacon !

— Faut pas rêver, quand même !

Lili nous coupe une part de croustade. Les pommes fument encore et je me brûle le bout de la langue. Outch !

Nous mangeons nos premières bouchées en silence. Lili parle la première.

— Tu sais, j'ai pensé à cette histoire de robes en dormant...

— Tu penses en dormant, toi ?

— Ce que je veux dire, c'est qu'en me réveillant une idée m'a sauté à l'esprit.

Oh, oh… Je ne suis pas certaine que ça soit une bonne nouvelle. Ma sœur me rassure tout de suite.

— Après, j'arrête de t'achaler, OK?

— Vas-y.

— Voudrais-tu me montrer le genre de robes que tu aimes? Tu pourrais feuilleter des revues, fouiller sur Internet, tu es bonne là-dedans.

— Je suis bonne pour trouver des recettes, pas des vêtements.

— Allez, essaie au moins. Quand tu auras imprimé tes robes préférées, je vais m'en inspirer pour faire mes dessins. J'ai parlé à Lucy: elle est prête à tracer les patrons et elle va m'aider pour la confection.

Ce n'est pas une mauvaise idée. Pour être franche, j'accepte pour lui faire plaisir, pas parce que j'en ai particulièrement envie. Maintenant que j'ai terminé mon livre de recettes, c'est vrai que j'ai plus de temps.

— D'accord, je veux bien essayer.

— Yahou! Mais il ne faut pas trop que tu traînes. Ça prend du temps, fabriquer une robe. Je te donne une semaine pour me présenter des modèles!

Bon, voilà une autre affaire! Je sais ce que je vais faire durant les prochains jours…

Lili

31 octobre

Salut, salut miss Li[2] !

Qu'est-ce que tu deviens ? Est-ce que je me fais des idées ou tu avais l'air particulièrement de bonne humeur dans ton courriel de la semaine dernière ? Y aurait-il un garçon derrière ça ? Je ne veux pas dire que tu es marabout d'habitude, loin de là, mais comment dire... quand tu m'écris que « le swing est super trippant » et que tu en manges, on voit que la joie de vivre t'est revenue ! Pour ma part, aucune fille en vue. Je suis encore en train de trouver mes repères dans ma nouvelle école. Penses-tu qu'on pourrait s'organiser une petite rencontre (amicale) bientôt ?

À plus !

Fred

Je n'ai pas le temps de répondre à Frédéric aujourd'hui. Je serai occupée toute la journée… et la soirée ! Cette année, j'ai décidé de me réconcilier avec ma fête favorite : Halloween ! Je suis déguisée en cupcake géant. Je sais que ce genre de costume irait mieux à ma sœur, qui adooooore ces petits gâteaux, mais Clara a choisi de ne pas se costumer. Elle ne mettra qu'un chapeau de sorcière pour donner des bonbons aux enfants. J'ai vu la photo du costume de cupcake sur Internet et je l'ai proposé à ma sœur, mais ça ne la tentait pas. C'est là que j'ai décidé d'en faire MON déguisement. C'est super beau ! Je crois que c'est l'un des costumes les plus chouettes que j'aie jamais portés.

Il n'y a pas de danse organisée par l'école cette année. C'est dommage. Et notre cours de swing de ce soir est reporté à la semaine prochaine. Les parents de Serine font partie du Club Optimiste et ils vont monter une tente devant l'hôtel de ville pour servir du café et du chocolat chaud. Ils doivent y être de bonne heure. Du coup, ils ne peuvent pas venir la chercher après le cours. Raphaël l'a taquinée la semaine dernière : « Je te l'ai toujours dit, tu restes dans un vrai trou ! Rappelle-moi… est-ce que vous avez le téléphone et la télé câblée chez vous ? Et l'eau courante ? »

J'aurais aimé danser avec Justin ! On a beaucoup de plaisir ensemble. La musique pour danser le swing est tellement gaie, tellement entraînante qu'elle nous rend de bonne humeur. En plus, Justin me fait rire. Et comme danseur, il m'épate. Même s'il est plus jeune que moi, j'ai beaucoup à apprendre de lui.

Par chance, je le croise ce midi. Nous sommes tous les deux en rang pour le défilé costumé. Les uns à la suite des autres, nous devons nous pavaner sur un grand tapis rouge étendu au centre de la place de l'Amitié. Il y a des prix pour les costumes les plus originaux. Peut-être ai-je une chance… Il y a même un prix spécial pour ceux qui ont fabriqué eux-mêmes leur déguisement.

Justin est déguisé en feu de circulation. En le voyant, j'ai failli ne pas le reconnaître, car son visage est tout vert. Il m'explique qu'il a pris deux boîtes de litière à chat qu'il a collées ensemble et peintes en noir. Ensuite, sur le devant, il a apposé un cercle en carton rouge dans le haut et un autre en carton jaune au centre. Dans le bas, il a simplement découpé un troisième cercle où apparaît son visage lorsqu'il enfile la boîte par-dessus sa tête. C'est très stable. Bien appuyé sur ses épaules, son accoutrement ne menace pas du tout de tomber. Il faut seulement qu'il fasse attention en passant dans les cadres de porte pour ne pas s'y accrocher.

—Tu as pensé à ça tout seul ?

—Certainement ! J'adore me déguiser !

— C'est drôle, moi aussi !

Justin se tourne et regarde les autres élèves défiler. Pendant ce temps, mes pensées voguent... Je ne l'ai jamais encore exprimé clairement à ma sœur ni à Romy, mais je trouve Justin de mon goût. Plus je le connais, plus je me rends compte que nous avons plein de points en commun. Et il n'est pas laid. D'accord, il est plus jeune que moi, mais qu'est-ce que ça change ? Rien du tout.

Je ne sais pas ce qu'il pense de moi. Il est toujours super gentil et attentionné, il me sourit quand il me croise dans les corridors (ce qui arrive assez rarement puisque l'école est grande), mais ça ne veut rien dire. Louka est comme ça aussi et il n'est pas amoureux de moi. Je ne vois pas beaucoup Justin en dehors des cours de swing. C'est exceptionnel de se retrouver ce midi. Je pourrais peut-être l'inviter à venir faire un tour à la maison des jeunes vendredi soir pour qu'on se voie en dehors de l'école. Ça ne ressemble pas trop à un rendez-vous galant !

Je m'apprête à lui demander quand une fille que je ne connais pas se glisse entre lui et moi.

— Ah ! Je t'ai enfin retrouvé !

Elle l'entoure de ses bras et lui donne un bec sur la joue.

Oh non ! C'est qui celle-là ? Pas sa blonde, j'espère.

Justin est mal à l'aise. Il a de la difficulté à soutenir mon regard. Il se racle la gorge.

— Euh… Lili, est-ce que tu connais Pénélope ?

Je me force pour sourire.

— Non. Salut. Je suis la partenaire de danse de Justin pour le cours de swing.

— Oui, je sais. Il m'a beaucoup parlé de toi. Je suis contente qu'il suive ce cours. Il était déçu d'avoir remis son inscription en retard au début. Moi, je ne connais rien à la danse et je n'ai pas le sens du rythme. Je n'en reviens pas chaque fois que…

Pénélope parle, parle et parle. Je vois ses lèvres bouger, mais sa voix devient de plus en plus lointaine. Mes oreilles bourdonnent. Je ne peux m'empêcher de fixer sa main posée sur la hanche de Justin. Ni l'un ni l'autre ne le dit clairement, mais ils se comportent comme s'ils étaient en couple. Ils sont ensemble, ça crève les yeux. Pourquoi Justin ne m'en a jamais parlé ?

Pénélope est très jolie. Pas une beauté fatale, mais elle a de beaux yeux bleu clair et un nez tout délicat qui lui donne des airs de fillette. Elle n'est pas très grande. Elle est même si frêle qu'elle donne l'impression qu'elle pourrait se casser facilement.

— Lili !

Je sors de ma torpeur. Justin me fixe, les yeux tout écarquillés.

—Oui, quoi?

—C'est à ton tour.

Je reprends contact avec la réalité. Mon déguisement. Le défilé. Je n'ai qu'à marcher droit devant moi, ce n'est pas bien compliqué. J'esquisse un sourire figé et je m'élance vers le tapis rouge sans me retourner.

Valérie m'a demandé de passer l'Halloween avec Laurence et Mathys. Elle s'est foulé une cheville et marche avec des béquilles depuis quelques jours, ce qui n'est pas idéal pour parcourir les rues. Comme elle n'a pas de conjoint pour prendre la relève — elle est divorcée depuis un an ou deux —, elle a décidé de me payer pour la remplacer. Et en plus, elle m'a dit qu'elle me permettrait de prendre des bonbons dans le sac des enfants. Je n'en demandais pas tant!

De leur côté, papa et maman accompagneront Violette. Ce sera une grande première pour elle. Le pire, c'est qu'elle ne mange même pas de bonbons. Mais ce n'est pas grave, car le reste de la famille se sacrifiera pour les manger! Ils ne feront que quelques maisons, histoire de permettre à Violette de participer à la fête et de voir les autres enfants costumés et les maisons décorées.

Il y a des gens qui se sont donné beaucoup de mal ! On ne parle pas seulement de deux ou trois citrouilles, mais de toiles d'araignée géante, de tombes et de croix plantées en terre, sans compter les squelettes, les sorcières et les monstres de toutes sortes. C'est le genre de choses qui impressionne les plus petits. Il faut même faire attention, car certaines personnes s'amusent à effrayer les enfants. Les adultes et les ados comme moi n'ont pas peur, mais j'ai vu à plusieurs reprises des tout-petits s'éloigner de certaines maisons en pleurant.

Chez nous, cette année encore, c'est Clara qui ouvre la porte aux enfants et donne les bonbons. La fin de semaine dernière, nous avons ouvert toutes les boîtes de gommes à mâcher, de jujubes et de chocolats que maman avait achetées pour mettre les friandises dans de petits sacs. J'en ai compté cent cinquante ! Il y a beaucoup de circulation le soir de l'Halloween dans notre rue. Nous sommes dans un quartier résidentiel où habitent plusieurs jeunes familles. Certains enfants viennent même des villes avoisinantes pour récolter des bonbons dans notre coin !

À dix-huit heures pile, j'arrive chez Valérie où Laurence et Mathys m'attendent déjà impatiemment.

— Quel joli costume tu as, me félicite Valérie en ouvrant la porte.

— Merci!

Je n'ai peut-être pas gagné le concours de ce midi, mais il est super beau quand même!

— C'était long! se plaint Mathys.

— Ça fait une heure qu'on attend!

Valérie s'avance en claudiquant.

— Ben voyons! Il y a à peine cinq minutes qu'on vient de finir de souper, il ne faut pas exagérer.

Laurence lève les yeux au ciel et Mathys soupire d'exaspération.

— On y va, maintenant?

Je le rassure tout de suite:

— Il ne reste qu'à mettre ton costume et oui, on y va, coco.

— Yé! Aide-moi, je ne suis pas capable tout seul.

Il met son manteau et me tend une voiture en carton que je n'avais pas remarquée à mon arrivée. Mathys l'a sûrement fabriquée tout seul. J'ai vu de quoi il était capable cet été, ce petit diable-là! Laurence est déguisée en princesse, comme presque toutes les petites filles de son âge. Elle est très jolie. Je remarque qu'elle a même du fard à paupières et du rouge à lèvres. La totale, quoi!

Ce qui est dommage c'est que, dans notre Québec nordique, il fait toujours froid à l'Halloween. Certaines années, c'est encore moins drôle parce qu'il pleut, mais aujourd'hui, il pourrait presque neiger. Le thermomètre affichait un maigre trois degrés tout à l'heure. On ne peut donc pas sortir sans manteau. Disons que ça cache un peu les costumes...

En regardant Mathys sortir de la maison, j'ai une pensée pour Justin. Je me demande ce qu'il fait ce soir... Je ne peux pas m'empêcher de ruminer ma déception. Je croyais me rapprocher de lui, mais il a une blonde. Pénélope! Pourquoi ne m'a-t-il jamais parlé d'elle? Il n'a pas confiance en moi? Je sais que nous ne sommes pas de grands amis, mais on est plus que des connaissances, quand même!

Pourtant, lorsqu'on danse ensemble, ses yeux brillent. Je suis sûre qu'il aime danser avec moi. J'aurais bien aimé que nous soyons plus que des partenaires de swing...

—Il va falloir rentrer, maintenant. Il commence à être tard. Vous avez déjà beaucoup de bonbons, dis-je en pointant le gros sac des enfants.

—Encore quelques maisons! supplie Mathys. Juste cinq, d'accord? Ce n'est pas beaucoup, cinq.

Ah! Je ne peux rien lui refuser à ce petit pilote automobile!

J'attends sur le trottoir pendant que les enfants s'engagent dans l'allée d'une imposante maison en pierres. Il y a un petit attroupement devant la porte. Brrr! J'ai froid. Je sautille sur place pour me réchauffer et je frotte mes mains ensemble. J'aurais dû m'habiller un peu plus chaudement. Une chance que je n'ai pas oublié ma tuque!

À nouveau, je m'égare dans mes pensées. Je dois faire un X sur Justin. Ça ne sert plus à rien de songer à lui, de me poser plein de questions à son sujet. On danse ensemble et c'est tout.

Notre tournée terminée, nous prenons le chemin du retour. J'empoigne le sac de Laurence qui se plaint qu'elle a mal au bras. Même si Mathys est plus petit, il est aussi plus orgueilleux et il refuse mon aide.

Il est presque neuf heures lorsque je retourne chez moi, car j'ai tenu à aider Mathys et Laurence à faire le tri de leurs bonbons. J'ai toujours aimé découvrir quelles friandises se trouvent dans les petits sacs!

Toutes les lumières extérieures de ma maison sont déjà éteintes. Il y a sûrement longtemps que Clara a donné le dernier sac de bonbons. Violette est au lit, papa et maman regardent un vieux film collés sur le sofa et, bien emmitouflée sous ses couvertures, Clara lit un livre de vampires. C'est tout à fait de circonstance un 31 octobre.

—Et puis, ça s'est bien passé? me demande-t-elle en déposant son livre.

—Oui. Les rues étaient bondées, ce soir. Mathys et Laurence ont récolté tellement de bonbons qu'ils ne seront pas capables d'en venir à bout avant l'été!

—Ah! J'aimerais bien voir ça!

J'enlève délicatement mon déguisement et je le range dans ma garde-robe. Je ne sais pas si je le remettrai un jour...

Je devrais aller au lit, mais je ne m'endors pas du tout. Je décide d'ouvrir l'ordinateur et d'aller voir sur Facebook les commentaires que m'ont laissés mes amis à propos de mon costume.

Je suis alors bien surprise de voir que j'ai une nouvelle demande d'amitié. Eh ben! Celui qui veut devenir mon ami Facebook n'est nul autre que Justin! Je ne comprends plus rien.

Clara

2 novembre

Étienne et moi faisons un devoir de sciences, assis à la table de la cuisine. D'habitude, nous sommes mieux dans sa chambre, mais Chrystelle nous a demandé de sortir le gâteau du four lorsqu'il sera cuit et de surveiller la sauce à spaghetti qui bouillonne à feu doux.

Aujourd'hui, un autre chanteur qui participe au spectacle est venu répéter un duo avec elle. Il y a longtemps, les parents d'Étienne avaient aménagé un studio de musique au sous-sol et ils l'ont laissé intact, même si Chrystelle a abandonné son métier.

Le père d'Étienne était tout énervé quand il a ouvert la porte au chanteur. Je n'avais jamais vu Simon comme ça. Par trois fois, il lui a offert quelque chose à boire, en butant sur les mots.

Lorsque Chrystelle et son invité sont descendus au sous-sol, nous sommes restés seuls avec Simon quelques minutes. Quand il a vu qu'on le regardait bizarrement, il a senti le besoin de se justifier.

— Vous l'avez reconnu ?

— Euh… en fait, pas vraiment. Quand il s'est présenté, son nom m'a dit quelque chose, mais pas plus que ça.

— À l'époque, c'était pratiquement la plus grosse vedette au Québec ! Il faisait des spectacles partout à travers la province et même en France. Il a essayé de percer le marché américain, mais ça n'a pas trop fonctionné. Après, on n'a plus entendu parler de lui. C'est dommage. Ça me fait tout drôle de savoir qu'il est chez moi en ce moment, dans ma maison.

Chrystelle aussi a été très populaire pendant quelques années. J'ai de la difficulté à saisir en quoi la présence de ce chanteur est si spéciale. Simon doit bien avoir côtoyé toutes sortes de personnes du milieu de la musique au début de sa relation avec elle.

Le père d'Étienne est ensuite sorti afin de préparer le terrain pour l'hiver. Il désherbe les plates-bandes, protège les rosiers et je crois qu'il va même planter des bulbes printaniers. Flavie et Lolie l'ont suivi et se roulent dans les feuilles mortes. Elles ont l'air d'avoir beaucoup de plaisir.

Le problème sur lequel je travaille me donne du fil à retordre. Je dépose mon crayon et je me masse les tempes. Je regarde la minuterie du four. Il reste encore douze minutes avant que le gâteau soit prêt.

Une question me vient à l'esprit.

— Comment ils se sont rencontrés, tes parents ?

Étienne lève la tête.

— Je ne te l'ai jamais raconté ?

— Non, je ne crois pas. Je m'en rappellerais...

— Mon père étudiait dans un café quand il a remarqué une jolie fille, ma mère, assise toute seule à une table un peu plus loin. Il voulait lui parler, mais il ne trouvait pas de prétexte pour aller la voir. Elle s'est commandé un thé et mon père un cappuccino, mais la serveuse, qui était débordée, s'est trompée de table et elle a servi le cappuccino à ma mère et le thé à mon père. Il s'est alors levé pour échanger les tasses et en a profité pour jaser avec elle. C'est aussi simple que ça.

— Quelle belle histoire !

Je les imagine très bien. Je me demande ce que Simon a pu dire à Chrystelle ce jour-là, mais je n'oserais jamais lui poser la question.

— Ce qui est drôle, c'est qu'une fois par année, la journée d'anniversaire de leur rencontre, ils retournent à ce fameux café prendre un thé et un cappuccino. Ils n'ont pas sauté une année depuis dix-neuf ans.

Comme c'est romantique !

— Est-ce que ta mère chantait à cette époque ?

— Ma mère chante depuis l'âge de cinq ans. Sans blague, elle avait enregistré son premier album et elle essayait de percer. Un an plus tard, elle a commencé à être connue avec sa chanson *Rose*.

L'après-midi s'égrène tranquillement et nous venons finalement à bout de notre devoir. Mon père vient me chercher à cinq heures, peu après le départ de l'invité de Chrystelle. Mes parents vont au cinéma ce soir. C'est Lili et moi qui gardons Violette. Comme le film qu'ils veulent voir est projeté dans une salle de cinéma située assez loin, ils partiront de bonne heure.

Pour le souper de Violette, ce n'est pas très compliqué : nous n'avons qu'à réchauffer un macaroni à la viande au micro-ondes. Je trouve que ça manque de défi, c'en est presque plate ! Mais maman ne veut pas qu'on utilise le four ou les ronds de la cuisinière pendant son absence. Je crois qu'elle a peur qu'on mette le feu !

Je ne sais pas ce que Violette a fait aujourd'hui, mais elle est crevée ! Elle s'endort tout de suite après son bain. Nous l'avons couchée depuis à peine cinq minutes et elle ronfle déjà à poings fermés. D'habitude, on l'entend à peine respirer, mais elle a attrapé un petit rhume cette semaine et elle est toute congestionnée; peut-être a-t-elle pris froid le soir de l'Halloween. Toute la soirée, nous avons couru derrière elle pour la moucher. Je ne sais pas pourquoi, on dirait qu'elle a peur des mouchoirs! J'adore ma petite sœur, mais un bébé morveux, c'est loin d'être chic!

Maintenant que j'ai du temps, j'en profite pour chercher les modèles de robe que ma sœur m'a demandés. Mais en fouillant sur Internet, je me sens un peu perdue. Je manque de repères, je ne sais pas où aller chercher. Les vêtements, c'est hors de mon champ de compétence. Je ne trouve rien d'intéressant. Je n'ai pas envie de demander l'aide de Lili. Elle ferait trop de commentaires, elle serait trop insistante. De toute façon, elle vient de voir qu'un film sur la danse passe à la télé ce soir et elle tient à l'écouter. Elle s'est même fait un gros bol de pop corn! Elle l'a cuit au micro-ondes, alors c'est correct, nos parents ne la chicaneront pas!

Si je ne veux pas que ma sœur me conseille, je peux cependant appeler Clémentine pour qu'elle m'aiguille un peu.

— Va sur les sites des magasins de vêtements que tu aimes.

— Dans les magasins où je m'habille habituellement, il n'y a pas de robes élégantes. Ou très peu.

—Et sur Pinterest ? Il n'y a pas une section mode ?

—Bonne idée ! Je suis niaiseuse, je n'y avais même pas pensé !

—Tu n'es pas niaiseuse, tu es mon amie !

—Hi ! Hi ! Merci, tu es trop gentille de m'accepter comme je suis.

Ma relation avec Clémentine a été en dents de scie cet automne. La cigarette a jeté un froid entre elle et moi pendant quelques semaines. Depuis que le temps s'est rafraîchi et que la pluie se fait plus fréquente, elle sort moins pour fumer. Je ne sais pas si les arguments que je lui ai présentés ont fait leur chemin dans sa tête... La semaine dernière, j'ai apporté un paquet de gommes à mâcher à l'école. À la pause du matin, avant qu'elle me dise qu'elle sortait fumer, je lui en ai offert une.

—Et si on troquait la fumée pour des bulles ?

Elle n'a pas été fâchée de ma blague, au contraire. Elle m'a trouvée drôle. On s'est fait un concours pour savoir qui ferait les plus grosses bulles et j'ai gagné. On a refait le même jeu à deux reprises depuis. Étienne et François se sont même joints à nous une fois. Et j'ai encore gagné !

Pinterest s'avère effectivement d'une grande aide. En moins de trente minutes, je trouve plusieurs robes de mon goût. Même si la plupart des textes qui accompagnent les photos sont en anglais, je m'y retrouve bien.

Et puis, par hasard, je tombe sur la photo d'une robe qui a été confectionnée à partir d'un simple t-shirt. En cherchant un peu, je découvre plusieurs autres images du genre. Certaines personnes ont utilisé différents morceaux pour créer de nouveaux vêtements qui sont tout à fait charmants ! Trouver de vieux vêtements à modifier, ce ne doit pas être trop difficile. Maman a encore tout son linge de maternité et dans le fond de ma garde-robe et celle de Lili s'entassent plusieurs morceaux qui ne me font plus ou qui sont passés de mode. Je vais montrer ça à ma sœur, je suis sûre qu'elle va adorer !

Lili

—Aaaaah! Ça fait tellement du bien, Louka! Tu es sûr que tu ne veux pas devenir masseur? Je serais ta cliente à vie, je te le jure!

Je me suis étiré un nerf dans le haut du dos en dansant hier soir. J'ai perdu l'équilibre alors que Justin me faisait tourner. Il m'a rattrapée, mais j'ai senti une petite douleur à la jonction de mon dos et mon épaule. Ce n'est sûrement rien de grave, mais le massage de Louka me fait un bien fou!

Nous sommes assis dans le corridor en attendant d'entrer dans le local de ballet. Jackie, une élève que je connais peu, a fait une crise d'épilepsie et les profs ont évacué le local. Ce n'est même pas une élève de notre groupe, mais elle venait poser une question à Sandrine, sa professeure, quand elle s'est effondrée.

Mes amies qui ont assisté à la scène m'ont dit que c'était un peu épeurant. Il paraît que les ambulanciers ont été appelés, mais ils mettent du temps à arriver. Heureusement que nos profs ont une formation de premiers secours ! Madame Loiseau et Lucy sont à ses côtés avec Sandrine. Élise, notre prof de claquettes, fait les cent pas près de la porte d'entrée de l'école en attendant les ambulanciers. C'est elle qui va les diriger vers le local où est Jackie.

Nous sommes donc une cinquantaine d'élèves à patienter, cordés le long du mur. Nous parlons à mi-voix, même si personne ne nous a dit de le faire. Nous sommes tous ébranlés de savoir qu'une de nos camarades de classe est malade. Le massage de Louka me fait donc doublement du bien. Je ferme les yeux pour mieux savourer ce petit moment de bonheur. Lorsque je les rouvre, je sursaute en voyant Justin à quelques centimètres de mon visage.

Je mets la main sur ma poitrine en prenant une longue inspiration pour calmer mon cœur qui bat à cent à l'heure !

— Désolé, je ne voulais pas te faire peur, dit-il en grimaçant.

— C'est correct, c'est juste que je ne m'attendais pas à te voir là.

— Je voulais savoir comment va ton épaule.

134

— Louka travaille là-dessus, comme tu peux le voir. Sans blague, ça tire un peu, mais c'est supportable. Ma mère m'a appliqué une crème hier soir avant que je me couche, ça m'a soulagée un peu.

Justin lance un regard à Louka et se relève rapidement. Je ne sais pas pourquoi, mais il a l'air embarrassé.

— Bon, ben... je vais retourner dans mon cours, alors. À mardi prochain !

— Oui, c'est ça, à mardi.

Comme il s'éloigne, je me penche vers l'arrière pour parler à Louka.

— Est-ce que c'est moi ou on dirait que quelque chose le chicotait ? Penses-tu qu'il est fâché contre moi ?

Louka prend mes épaules à deux mains.

— Tu vois, ma chère, je pense que c'est moi le problème.

— Hein ?

Je me retourne complètement pour être face à face avec Louka.

— Toi ? Mais vous vous connaissez à peine !

— Oui, mais je pense que Justin est simplement jaloux.

— Jaloux de toi ? Tu es mon ami, et il le sait.

Louka lève les sourcils, comme s'il doutait de ce que je viens de dire.

—Es-tu sûre? Tu ne savais pas qu'il avait une blonde avant de tomber sur elle le jour de l'Halloween. Vous ne vous dites pas tout.

—Justement, il a une blonde, alors pourquoi serait-il jaloux de toi?

—Même en étant en couple, on peut avoir le béguin pour quelqu'un d'autre, tu devrais le savoir...

Je ne sais pas si Louka a raison. En fait, j'aimerais bien qu'il ait raison, ça voudrait donc dire qu'il y a de l'espoir.

Lili

21 novembre

Je me suis portée bénévole pour la soirée des parents jeudi. Je vais aider les parents à se retrouver dans l'école et je vais distribuer des bouteilles d'eau et de jus aux enseignants. C'est lorsque je suis allée poser une question à l'animatrice en loisirs de la polyvalente que j'ai vu la petite annonce sur sa porte.

—Il me manque encore quelques élèves, m'a-t-elle dit, alors tu peux inviter tes amis à venir nous donner un coup de main.

—Pas de problème, lui ai-je répondu d'emblée, c'est sûr que je vais trouver au moins une personne pour m'accompagner ce soir-là, vous pouvez compter sur moi !

Quand je lui ai dit ça, j'avais une idée derrière la tête, évidemment. Ce n'est pas en restant les bras croisés que je vais en apprendre plus sur les sentiments de Justin envers moi. Même si c'est stressant, il faut que j'agisse. Jusqu'à maintenant, c'est une tactique qui a presque toujours été payante. Me morfondre et me tourner les pouces, non merci !

Il a fallu que je mette Louka et Romy dans le coup. J'ai pensé dire à Justin qu'aucun de mes deux amis ne pouvait se libérer pour la rencontre de parents, mais j'aurais eu l'air folle de les impliquer sans les avertir. De toute façon, ce n'est plus un secret pour eux que je trouve Justin de mon goût.

— Cependant, il ne faudrait pas qu'il pense que tu te sers de lui comme bouche-trou, a fait remarquer Romy quand je lui ai dévoilé mon plan.

— Bouche-trou ?

— Tu lui as demandé de remplacer Louka qui ne pouvait plus suivre les cours de swing. Là, tu veux lui demander son aide parce que Louka et moi avons un empêchement. Ça va peut-être lui donner l'impression qu'il n'est pas ton premier choix, tu comprends ?

— Zut, je n'y avais pas pensé... Mais je ne vois pas ce que je pourrais lui dire d'autre.

Le cours de swing est ce soir. C'est le moment idéal pour lui parler. La rencontre de parents a lieu après-demain. Je suis déjà à la dernière minute. Je crois que je ne vais pas lui parler de

Louka et Romy tout de suite. S'il me pose des questions, je lui dirai qu'ils ne peuvent pas venir, sinon je ne les mentionnerai pas.

Une fois notre après-midi de cours terminé, la plupart des élèves reprennent l'autobus pour rentrer chez eux. Romy et Jérôme se minouchent dans le corridor pendant que je déguste une petite collation. Clara a préparé des mini-muffins aux carottes hier. En fait, ils sont aux carottes, mais à tout plein d'autres saveurs aussi ! Il y a des céréales de son écrasées à l'intérieur, des graines de sésame, des raisins secs. C'est un joyeux mélange ! Tout chauds, avec du beurre, c'est encore meilleur. C'est dommage qu'il n'y ait pas de micro-ondes à l'école de danse... En fait, il y en a un, mais il est situé dans la salle du personnel, où les élèves ne sont pas admis. Je vais me contenter de manger mes mini-muffins froids, c'est bon quand même. Et ça me donnera un petit regain d'énergie jusqu'au souper.

—Et puis, cette épaule, comment va-t-elle ?

C'est Justin. Il vient s'asseoir à côté de moi. Il est tout ébouriffé, comme la moitié du temps. Il a l'air fatigué.

—Je n'ai plus mal du tout, merci !

Je le vois jeter un coup d'œil rapide à mes muffins.

—Veux-tu goûter ?

—Non, non, c'est ta collation, je te la laisse.

Je lui en tends un.

—Allez, juste un. J'en ai trop de toute façon. Je voulais les partager avec Romy, mais elle est occupée ailleurs, si tu vois ce que je veux dire.

Il se force pour sourire.

—Oui, pas besoin de me faire un dessin.

Justin engloutit le muffin en une seule bouchée et mâche avec un air perplexe.

—C'est quoi les épices qu'il y a dedans? C'est piquant et sucré.

Ah! Il a de fines papilles!

—C'est du poivre de Jamaïque. Je le sais parce que j'ai posé la même question à ma sœur, hier. C'est elle qui les a faits. C'est la cuisinière de la maison, elle popote presque tous les jours.

—Chez nous aussi, on a un chef, un vrai: mon père. Il est cuisinier. Mais il n'est presque jamais là. Et quand il est à la maison, il dit qu'il est trop crevé pour préparer le repas.

—C'est bizarre, non? Il me semble que si j'étais chef, j'aimerais préparer de bons petits plats pour ceux que j'aime.

Justin reste pensif. C'est la toute première fois que nous avons une conversation aussi personnelle. Son père semble être un sujet sensible pour lui. J'espère ne pas m'être mis les pieds dans les plats. Je regrette un peu ma dernière phrase. Au fond, je ne le connais pas du tout.

Justin expire bruyamment, comme pour expulser une idée dérangeante de son cerveau.

—Mon père est très particulier... C'est un *workaholic*. Son restaurant est plus important que ses enfants, dit-il calmement.

—Ne dis pas ça, voyons...

—C'est la vérité. Si je n'avais pas de père, il n'y aurait pas de grande différence. Mais je n'ai pas à me plaindre, ma mère est extra et ma grande sœur Aurélie, aussi. C'est presque comme si j'avais deux mamans.

—Ta sœur est beaucoup plus vieille que toi ?

—Elle a vingt-deux ans. On a huit ans de différence. Est-ce que je t'ai déjà dit que je suis un bébé éprouvette ? Après Aurélie, ma mère a essayé de tomber enceinte pendant des années, sans succès. Alors tu vois, je suis plus un bébé de la science qu'un bébé de l'amour.

Justin paraît aigri. Je ne sais pas ce qui s'est passé dans sa vie aujourd'hui ou lors des derniers jours, mais il a quelque chose de changé. Il s'est peut-être chicané avec son père, justement... Ça pourrait expliquer les mots durs qu'il a employés.

Je n'aime pas le voir comme ça. Et dire que tout a commencé à cause d'un petit muffin aux carottes...

Sans réfléchir, j'approche mon visage du sien. Son regard semble d'abord un peu vide, puis je vois ses yeux s'animer. Ils me questionnent, même s'ils savent ce que je m'apprête à faire.

Tout doucement, je touche sa joue de ma main et dépose un baiser sur ses lèvres. Lorsque je m'éloigne un peu, mon cœur bat la chamade. Je me lève et, avant même qu'il ait pu dire quoi que ce soit, je me dirige vers les toilettes. J'ai besoin de m'asperger d'eau le visage, histoire de me rafraîchir les idées avant le cours de swing. Ouf! Dans cinq minutes, je vais devoir retourner là-bas et danser avec Justin. J'espère qu'il n'y aura pas de malaise entre nous... Je dis ça, mais je sais pertinemment qu'il y en aura un.

Merdouille! Je viens juste de réaliser que j'ai embrassé un garçon qui a une blonde. Et moi qui en voulais à Jessenia de faire du charme à Grégory quand je sortais avec lui!

Dire que mon but premier était simplement de l'inviter à faire du bénévolat à la soirée de parents. Je ne lui en ai même pas touché un mot!

Clara

25 novembre

Je suis tout à l'envers. Étienne et moi, on a eu notre première chicane. Et pour une niaiserie, en plus! En tout cas, ce n'était pas une question de vie ou de mort. Tout est arrivé à cause de François et Luis.

Ce matin, nous avons eu un examen d'histoire. Il n'était pas facile, le prof nous avait avertis. J'ai beau avoir étudié tout l'après-midi de dimanche, je sais que je n'aurai pas une note à tout casser. J'ai remis mon examen à la toute fin du cours, ce qui ne m'arrive presque jamais. Je fouillais dans ma mémoire pour être certaine de toutes mes réponses. J'ai lu et relu mes phrases, cherchant à repérer chaque petite erreur.

Notre prof d'histoire est hyper sévère, cette année. J'avais entendu parler de lui, mais je ne l'imaginais pas aussi strict. Parfois, les vieux enseignants ont perdu la passion et comptent les années qui les séparent de leur retraite, mais monsieur Brassard n'enseigne que depuis trois ou quatre ans. Il ne rit jamais, il distribue des copies à la tonne (même moi, j'en ai eu une l'autre jour, la première de ma vie!) et il nous donne des pages et des pages de notes. J'aime l'histoire, mais je déteste franchement ses cours.

Ce midi, Étienne s'est mis à parler de l'examen avec François et Luis qui dînaient avec nous. Au début, je n'écoutais pas ce que les garçons disaient. Clémentine me confiait qu'elle avait pratiquement arrêté la cigarette. Sa mère lui a coupé tout son argent de poche, elle a donc de la difficulté à s'en acheter. Elle en quête parfois à ses «copains de nicotine» dehors, au bout du terrain de l'école, mais elle n'est pas très à l'aise et je la comprends.

—Finalement, ce n'est pas si cool que ça, fumer, m'a-t-elle dit. C'est même très désagréable quand il pleut et qu'il vente. Je n'ai pas envie de me geler les mollets dans la neige cet hiver.

Clémentine a fouillé dans son sac à lunch et en a sorti... deux petits fruits ronds qui portent son nom! C'est plus fort que moi, chaque fois que quelqu'un autour de la table mange des clémentines, le fou rire me prend.

Pendant que je l'aidais à en peler une, j'ai prêté l'oreille à la conversation de nos compagnons de table et j'ai changé d'air.

— Les cinq questions à choix de réponses sont faciles. Les réponses sont B-B-A-C-D, a dit Étienne.

— B-B-A-C-D, a répété Luis. Je pense que je vais l'écrire pour m'en souvenir.

— Il y a une question où il demande d'expliquer les trois programmes pendant le Régime français. Il faut aussi donner la définition du mercantilisme et dire quelles étaient les mesures adoptées par Talon pour augmenter la natalité. Je me suis creusé la tête sur celle-là, mais la réponse est à la page 114 du manuel. Je te montrerai quand on aura fini de dîner.

— Est-ce qu'il y a une carte? J'haïs ça quand il y en a, a laissé tomber François.

— Oui, mais c'est exactement celle qu'on trouve à la page 126.

OK, il m'est déjà arrivé de recopier en vitesse un devoir, mais de là à donner les questions ET les réponses d'un examen qui vaut pour 30% de l'étape en plus, il ne faut pas exagérer! J'ai étudié comme une folle pour cette évaluation-là, et François et Luis, qui ont leur cours d'histoire après la période du dîner, vont pouvoir répondre aux questions les yeux fermés. Monsieur Brassard donne toujours les mêmes évaluations à tous ses groupes. Tout le monde le sait. Je ne comprends pas pourquoi Étienne encourage le plagiat.

Mon chum a dû sentir que je l'observais, car il s'est tourné vers moi et a vu l'air que j'avais. Il pouvait clairement lire mon désaccord sur mon visage. Il a paru mal à l'aise, mais pas tant que ça.

—Allez, Clara, il ne faut pas en faire un drame. C'est juste un petit examen, après tout.

—Ben oui, a renchéri François. Il paraît qu'il est super difficile. Étienne fait juste nous aider un peu.

—Voyons donc, tu es fâchée? Pour vrai? m'a demandé mon chum sur un ton que je n'aimais pas.

Il venait tout juste de comprendre que je n'étais VRAIMENT pas d'accord avec ce qu'il faisait.

J'ai ramassé mon sac et je me suis levée, sans rien dire. Clémentine m'a suivie, mais pas Étienne. J'avais des larmes qui me picotaient les yeux. Je sentais que mon visage était tout rouge et chaud. Je ne pouvais pas faire comme si ça ne me dérangeait pas, mais je n'avais pas envie d'avoir une discussion avec lui devant nos amis. Je ne suis pas Lili, moi.

Je n'ai pas regardé Étienne du reste de l'après-midi. J'ai fait comme s'il n'existait pas. Mais je sentais son regard sur moi. Mon cœur était en miettes. Pourtant, je n'étais pas capable d'aller vers lui pour m'expliquer.

Depuis que je suis revenue de l'école, je suis couchée sur mon lit et je regarde les murs rose fuchsia de ma chambre. Je n'ai même pas le goût de lire. Est-ce que j'ai été trop brusque? Peut-être que j'aurais dû laisser passer. Ce n'est pas comme s'il avait pris une photo de l'examen pour la donner à ses amis. Ça s'est déjà fait, il paraît! Un prof nous en a déjà parlé. Étienne est gentil, il ne voulait pas mal faire.

Lili entre en trombe dans la chambre. Elle lance son sac à dos par terre et saute sur mon lit.

— Salut! As-tu passé une belle journée?

— Non.

— Oh! Qu'est-ce qui s'est passé?

— Je me suis chicanée avec Étienne.

— Un petit accrochage ou une grosse dispute?

En quelques mots, je lui explique la conversation dont j'ai été témoin ce midi. Lili s'étend à côté de moi et m'écoute avec attention.

— En fait, je ne sais même pas si on peut dire qu'on s'est disputés. Mais ce qui est sûr, c'est qu'on n'était pas d'accord. J'ai préféré m'en aller plutôt que de me fâcher encore plus et de dire des choses qui auraient pu dépasser ma pensée.

Elle prend quelques secondes avant de me répondre.

—Tu as bien fait. C'est mieux de prendre du recul pour être capable de parler calmement de ce qui nous dérange.

Je fronce les sourcils. Ma sœur ne tient pas ce genre de discours habituellement.

—Tu es drôle, toi. Tu es la première à vouloir tout régler tout de suite quand il y a quelque chose qui cloche. Tu n'aimes pas quand ça traîne. Je pense que tu es la personne la plus impulsive que je connaisse !

—Comme le dit le proverbe : "Fais ce que je dis, pas ce que je fais", s'esclaffe-t-elle.

—Ouais, cette phrase te ressemble un peu plus.

—Allez, arrête de penser à ça, dit-elle en me caressant la tête. Demain, vous allez vous parler et tout va revenir comme avant. Viens, on va aller prendre une collation avant que maman n'arrive et qu'elle nous interdise de manger !

Elle se relève et tire sur mon bras pour que je la suive. Mais je suis incapable de mettre cette histoire derrière moi d'un claquement de doigts.

—Et s'il ne voulait pas me parler ? Il est peut-être super fâché contre moi parce que je l'ai boudé tout l'après-midi.

—Ben voyons, ce gars-là t'adore. Et tu l'adores aussi. Tout va s'arranger, tu vas voir.

Je l'espère, je l'espère tellement !

Clara

26 novembre

Lorsque je revois Étienne, ça ne prend pas trois secondes avant que je me précipite dans ses bras en pleurant comme une madeleine. Je me suis fait un sang d'encre toute la soirée, j'ai écrit son nom un million de fois dans mon cahier, mais je n'ai pas été capable de l'appeler pour faire la paix. Bien sûr, j'ai eu toutes les difficultés du monde à m'endormir, et quand j'ai enfin réussi à trouver le sommeil, j'ai rêvé de lui le reste de la nuit.

On se tient collés comme des aimants pendant plusieurs secondes, jusqu'à ce que je lève la tête et qu'on s'embrasse tendrement. Clémentine vient nous rejoindre, mais lorsqu'elle nous voit enlacés, elle m'envoie la main et elle nous laisse à nos retrouvailles.

— Je m'excuse, me chuchote Étienne à l'oreille. Je sais que ce que j'ai fait n'était pas correct.

J'ai compris que ce n'était pas juste pour toi et pour tous ceux qui ont beaucoup étudié pour cet examen.

—Ma réaction était aussi exagérée. On n'en parle plus, OK? Je n'ai plus envie d'y penser.

—D'accord, me dit-il avant de déposer un baiser sur mon front.

J'ai l'impression d'avoir une tonne de moins sur les épaules. Je n'aime pas la chicane. Je ne suis pas une fille qui se fâche facilement, d'habitude. C'est la première fois que nous avons un accrochage depuis qu'on est ensemble. J'espère que notre prochain conflit sera dans longtemps, longtemps... ou qu'il ne se produira jamais!

Entre deux cours, Estelle m'interpelle.

—Est-ce que tu as une minute?

Je suis surprise qu'elle m'adresse la parole. Nous ne nous sommes pas parlé depuis des mois. On dirait qu'elle a pris un peu de poids, c'est bon signe. Quand elle a de la difficulté à gérer ses émotions, elle ne mange presque plus. C'est à cause de ça qu'on s'est connues. Même si elle n'est plus mon amie proche, j'espère que sa santé va bien.

—Oui, mais fais vite, je dois aller me changer pour le cours d'éducation physique.

—J'ai entendu dire que tu étais finaliste pour un concours de poésie. J'aimerais écrire un petit article sur toi dans la section "Bon coup" du journal étudiant.

Mais où a-t-elle entendu parler de ça ? Ah ! Je pense que je sais. Elle est dans la classe de François, à qui Étienne dit tout, ou presque. C'est donc lui qui a dû le dire à Estelle. C'est tout à fait son genre.

—Un article sur moi ? Je suis seulement finaliste, je ne suis pas sûre du tout de remporter un prix.

—Pas grave. C'est déjà très bon que tu te sois rendue là.

—Je ne sais pas trop…

—Allez, juste quelques questions. Tu me dois bien ça, après tout.

Je me raidis. Je n'aime pas ce qu'elle vient de dire. Je ne crois pas lui devoir quoi que ce soit. J'ai toujours été honnête et transparente avec elle. Mais je n'ai pas envie de l'irriter, j'ai vécu assez de tension cette semaine.

—D'accord.

—Je ne pensais pas avoir à te tordre un bras…

—Non, non, ça va être correct. Tu sais que je n'ai jamais aimé être sous les projecteurs.

—Ah oui, je n'ai pas oublié.

Je n'aime pas la tournure que prend notre conversation. J'aurais préféré ne pas croiser Estelle dans le corridor. Je me force pour sourire. Mieux vaut en finir le plus vite possible.

— Qu'est-ce que tu dirais de m'envoyer tes questions par courriel ? Je pense que ça irait plus vite comme ça.

« Du coup, je n'aurai pas besoin d'être assise en face de toi et de sentir que tu me juges », me dis-je intérieurement. Je ne sais pas si elle me juge réellement, mais je n'aime pas son attitude et le ton avec lequel elle me parle. Dire que nous avons déjà été bonnes amies...

Estelle paraît un peu déconcertée, mais elle accepte.

— Bonne idée ! Je te les envoie ce soir. Il faudrait que tu me retournes les réponses avant vendredi parce que ma date de tombée est lundi matin.

— Pas de problème. Là, faut vraiment que j'y aille. Bye !

Lili

29 novembre

Je devrais écrire un livre intitulé *Comment se mettre les pieds dans les plats en amour.* Depuis que je l'ai embrassé, Justin m'évite. Pourtant, ce n'était qu'un tout petit bec, rien de très compromettant... Pourquoi ne me parle-t-il plus ? Lors des deux derniers cours de swing, il n'a pas desserré les lèvres. Le silence me met extrêmement mal à l'aise. Je m'imagine trop de choses quand quelqu'un ne parle pas. C'est peut-être pourquoi je suis si bavarde.

Je n'aime pas quand les choses ne sont pas claires. Je veux m'excuser. J'aurais dû faire preuve d'un peu plus de jugement avant de l'embrasser. S'il n'est pas intéressé, je vais comprendre. J'aimerais surtout qu'on s'explique et qu'on redevienne des amis.

Je ne veux pas aller lui parler à la polyvalente, de peur qu'il soit avec sa blonde. Je veux lui parler seule à seul. De toute façon, ça ne la concerne pas. En fait, ça la concerne, oui, mais indirectement…

Il me reste donc l'école de danse. Je me suis demandé pendant quelques jours comment l'aborder et finalement, c'est Romy qui m'a donné l'idée.

— Je n'ai qu'à aller lui porter un message avant le début des cours lui disant de te rejoindre derrière l'école.

— Je veux bien, mais nous serons en retard pour nos cours. Je n'ai pas envie de me faire chicaner.

— Tu pourrais demander à Lucy de te couvrir. Tu t'entends bien avec elle, non ? Si tu lui expliques la situation, elle acceptera peut-être de raconter un petit mensonge pour t'aider.

— Oui, c'est la meilleure solution. J'espère qu'elle va accepter !

À mon arrivée à l'école de danse, je me dépêche de trouver Lucy. J'espère qu'elle est là, car elle ne vient pas tous les jours. Elle a beau être retraitée, elle est très occupée ! Autant que mes parents qui travaillent toute la semaine. Je n'ai pas vu sa voiture, mais elle est peut-être stationnée à l'arrière du bâtiment.

J'arpente les corridors en vitesse. Romy attend mon feu vert pour aller porter le message à Justin.

Je finis par trouver Lucy. Elle balaie le corridor. C'est drôle, il y a un concierge qui s'en occupe d'habitude. Je me demande pourquoi elle fait ça.

— Lucy ! Je suis tellement contente de te voir !

Je suis hors d'haleine.

— Reprends ton souffle, ma belle, je ne vais pas me sauver.

— Je sais, mais je n'ai pas beaucoup de temps. J'ai une faveur à te demander...

Je vois au plissement de son front qu'elle anticipe ce que je vais lui dire.

— Il faut que je parle à Justin en privé. Tu sais, mon partenaire dans les cours de swing ?

— Je sais de qui il s'agit. Mais en quoi est-ce que ça me concerne ?

— Je ne peux pas lui parler à la polyvalente. Pour qu'on puisse s'absenter, pourrais-tu dire à mon prof et à celui de Justin que tu as besoin de nous ? Dix minutes seulement.

— Ce que tu me demandes, c'est de leur mentir...

Je n'aurais pas dû venir la voir. Je suis super gênée. J'aurais dû trouver une autre manière de parler à Justin. Mais je ne peux plus retourner en arrière, maintenant.

— C'est pour une bonne cause, je te jure. Je dois lui parler de certaines choses. Ça fait des jours que cette histoire me travaille.

Lucy réfléchit quelques secondes. Je regarde discrètement ma montre. Si Lucy refuse de m'aider, je vais être en retard à mon cours de claquettes et Élise ne va pas se gêner pour me le rappeler.

— C'est pour une histoire de cœur?

— Oui, dis-je d'une petite voix.

— D'accord, j'accepte, mais il ne faut pas que ça devienne une habitude.

Je lui saute au cou.

— Merci!

Lucy me regarde avec un sourire en coin. Je suis sûre qu'elle aimait enfreindre les règles quand elle était plus jeune. J'ai toujours su qu'elle avait une personnalité un peu *wild*.

— J'ai écrit un message pour Justin sur un bout de papier pour lui dire de venir me rejoindre derrière l'école. Romy ira lui porter.

— Pas besoin, je vais moi-même aller le chercher dans son local. Mais je t'avertis, je te donne dix minutes maximum. Il ne faut pas exagérer non plus.

— Ce ne sera pas long, c'est promis.

Je remets mon manteau et je sors à l'extérieur. Derrière l'école, c'est le stationnement des employés. Jamais personne ne vient ici durant la journée. Je suis prête à parler à Justin maintenant. Mes mains sont moites, ma gorge semble serrée. C'est le stress. Ouf. Il faut que je me parle.

« Calme-toi Lili, ça va bien aller. Pas besoin de t'énerver. »

Après quelques minutes, je le vois arriver. Il a un air perplexe.

— Allô! Tu es ben bizarre, toi. Pourquoi me fais-tu venir ici?

— Tu n'as pas une petite idée?

Il me regarde sans rien dire pendant quelques secondes. Je pense qu'il sait.

— Je ne suis pas sûr. Vas-y.

— On pourrait commencer par s'asseoir, non? dis-je en pointant du doigt le muret de ciment à côté de nous.

On s'assoit à bonne distance l'un de l'autre. Je prends une grande inspiration et je me lance :

— Je voulais te parler de ce qui s'est passé l'autre jour. En fait, je veux m'excuser. Je sais que tu as une blonde et je n'aurais pas dû t'embrasser. Je ne veux pas briser ton couple. Je suis une fille super impulsive, je n'y peux rien. Et pour être très franche, je te trouve de mon goût. C'est quelque chose qu'on ne contrôle pas, hein? Je sais que tu es sûrement fâché contre moi vu que tu ne me parles pas depuis ce jour-là, mais je voudrais qu'on reste amis. Si tu ne veux pas, je comprendrai. Et si tu veux qu'on arrête le swing, c'est correct aussi.

J'ai tout dit super rapidement, presque sans le regarder. Ouf! Je n'aurais pas cru être capable de lui déballer tout ça. Je suis fière de moi. Je me sens mieux avec moi-même, maintenant.

Justin demeure silencieux. Trop silencieux. Je n'aime pas ça. Il doit être plus fâché que je le pensais. Peut-être s'est-il chicané avec sa blonde à cause de moi...

Justin passe la main dans ses cheveux et soupire profondément. Il fait mine de s'en aller, mais je bondis sur mes pieds et je lui attrape le bras pour le retenir.

— Hé ! Tu ne vas pas partir comme ça ! Dis quelque chose, au moins. N'importe quoi.

— Faut que je décante tout ce que tu viens de me dire.

Il s'éloigne sans plus attendre. Moi qui pensais me débarrasser de cette histoire aujourd'hui. Il va falloir que je patiente un peu, et la patience est loin d'être ma plus grande force !

Juste avant de tourner le coin de la bâtisse, Justin s'arrête et se retourne.

— Moi aussi, je te trouve de mon goût.

Et il sort de mon champ de vision. Quoi ? La mâchoire m'en tombe. Je ne m'attendais TELLEMENT pas à ça ! Je ne veux pas qu'il parte, je veux qu'il reste, qu'on parle encore. Je veux comprendre pourquoi il agit ainsi. Graaahhh !

Clara

3 décembre

Le journal sort aujourd'hui. Je suis nerveuse, même si je sais que je ne devrais pas l'être. Étienne et Clémentine essaient de me rassurer depuis ce matin. Ils me connaissent bien. Ce sont les deux seules personnes, avec ma sœur, qui réussissent à me calmer quand je suis énervée comme aujourd'hui.

À midi et dix, François arrive avec un exemplaire du journal. Depuis que j'ai cessé d'y publier des poèmes, je ne lis pas chaque numéro. Je pense même que je ne l'ai pas acheté depuis le début de l'année scolaire.

Évidemment, François fait son farceur: il lit l'article avant de nous le montrer.

Son visage change. Je n'aime pas ça. Que se passe-t-il? François tend la page à Étienne qui parcourt rapidement le texte des yeux. Lui aussi paraît un peu secoué. Clémentine, qui lisait par-dessus son épaule, affiche le même air. Est-ce que quelqu'un va enfin me dire ce qui se passe ?

— Ce n'est pas si pire que ça, mais tu ne seras pas contente, me dit Étienne.

Je prends une profonde inspiration et je lis le fameux article.

Bonne nouvelle ! Clara Perrier, une élève de troisième secondaire de notre école, fait partie des dix finalistes au concours de poésie de Télé-Canada pour son poème La recette du bonheur sucré. *Clara a écrit pendant plu-sieurs mois dans le journal étudiant sous le nom de plume Noisettine, mais c'est la pre-mière fois qu'elle participe à un tel concours. La remise des prix aura lieu le 16 décembre, à Montréal. Nous lui souhaitons la meilleure des chances.*

Je. N'en. Reviens. Pas. Je suis figée sur place. Ça y est. Je veux mourir. Personne ne devait savoir que j'étais Noisettine. Même si nous ne sommes plus en très bons termes, Estelle m'avait pourtant juré que mon identité ne serait jamais dévoilée. La seule raison pour laquelle j'avais accepté de publier des poèmes dans le journal, c'était parce que je pouvais y rester anonyme. Les seuls qui savaient que je me cachais derrière ce pseudonyme étaient Clémentine, Estelle, Étienne, François et Luis. Et c'est tout. Étienne a fait jurer à ses amis de ne rien dire à ce sujet et je crois bien qu'ils ont tenu parole. Et je sais que Clémentine ne m'aurait pas trahie. Estelle, par contre...

—Comment elle a pu me faire ça ?

Je me laisse tomber sur ma chaise.

C'est plus fort que moi, les larmes me montent aux yeux. Je cache ma tête entre mes bras et je pleure ma détresse. Quelqu'un caresse doucement mon dos. Je ne sais pas si c'est Étienne ou Clémentine. J'ai peur, terriblement peur de ce qui s'en vient. Je livrais toute mon âme dans mes poèmes, je me dévoilais comme jamais je ne l'avais fait. Je n'ai pas envie que les élèves de l'école sachent tout de moi.

Je ne me sens pas bien. Je n'aime pas que mes amis et tous les autres élèves assis autour de nous me regardent et soient témoins de ma crise de désespoir. J'essuie mes yeux à la hâte et je me relève.

Étienne fait un pas vers moi.

—Non, j'ai besoin d'être seule.

Je quitte la cafétéria d'un pas rapide. Je fixe le sol. Je n'ai pas envie de croiser le regard d'élèves que je connais. Mes yeux et mon nez doivent être tout rouges, je ne suis sûrement pas très belle à voir.

Dans mon empressement, j'ai oublié ma boîte à lunch sur la table de la cafétéria. Je n'ai presque pas touché à mon dîner. Je n'ai même plus faim. Il faut vraiment que je me sente mal pour bouder un plat de pâtes avec tout plein de fromage.

Sans que je m'en rende compte, mes pas me mènent aux toilettes de l'aile 2, ma cachette durant mes premières semaines au secondaire. J'ouvre la porte de la cabine du fond et je m'y enferme, comme je le faisais à mon arrivée au collège. Il ne manque que l'écriteau « toilette brisée » pour que je me croie revenue deux ans en arrière.

Je ne comprends pas pourquoi Estelle a fait ça. Voulait-elle se venger ? Je pensais qu'on avait crevé l'abcès, mais il faut croire que j'avais tort.

Les minutes passent. Je n'ai aucune envie de sortir de ma bulle. J'appuie ma tête sur le mur froid et je ferme les yeux. Il me semble que je dormirais, là, tout de suite.

La porte qui s'ouvre me fait sursauter.

— Clémentine et moi, on se doutait que tu serais peut-être ici.

Je lève les yeux. Étienne, qui doit être debout sur la cuvette de la cabine voisine, me regarde par-dessus la cloison.

— Par contre, notre premier choix, c'était la bibliothèque, continue-t-il.

— J'ai dit que je voulais être toute seule.

—Je sais, mais je te connais, Clara Perrier. Tu voulais surtout être dans un endroit tranquille, loin des regards, pour te remettre de tes émotions.

Mes yeux se remplissent d'eau. C'est vrai qu'il me connaît bien. Parfois, on dirait qu'il est dans ma tête.

—Allez, sors de là que je te prenne dans mes bras.

J'ouvre le loquet et je me colle contre lui, enfouissant ma tête dans son polo. Il sent bon. Étienne m'entoure de ses bras et à ce moment, je sais qu'il ne peut rien m'arriver... jusqu'à ce que la porte s'ouvre de nouveau et qu'une surveillante entre et aperçoive Étienne : « Hé ! Qu'est-ce que tu fais ici, toi ? »

Clara

6 décembre

Étienne a eu une retenue pour être allé dans les toilettes des filles. Une élève l'a vu entrer et elle est allée avertir une surveillante. Comble de malchance, c'est la plus aigrie de toutes et elle n'a rien voulu savoir de nos explications. Et moi, pour avoir voulu défendre mon amoureux, j'ai également hérité d'une retenue. Il faut que je voie le bon côté des choses (même si je n'ai pas réussi à rallier ma mère à cet argument), c'est ma première à vie. Et même si nous n'avons pas pu nous parler pendant la retenue, nous étions dans la même pièce, à quelques bureaux de distance. Étienne n'en revient toujours pas que je me sois obstinée avec la surveillante.

—Je ferais n'importe quoi pour toi, lui ai-je répondu en riant quand il m'en a fait la remarque.

Ce n'est pas si pire que ça, une retenue. J'en ai profité pour finir mes devoirs et commencer à lire un nouveau livre que Chrystelle m'a prêté, un roman policier de Martin Michaud. Elle m'a dit qu'il était super bon. Pour le moment, j'en suis juste à la page 22, c'est un peu difficile de me faire une opinion.

Ce matin, j'attends Estelle de pied ferme. Je ne l'ai pas trouvée vendredi dernier lorsque je l'ai cherchée. François, qui est dans sa classe, m'a dit que ça faisait quelques jours qu'elle était absente. J'espère qu'elle sera là aujourd'hui.

Dès que j'arrive à l'école, j'attrape les livres de mon premier cours du matin et je me dirige vers son casier. En fait, comme nous ne sommes plus des amies proches, j'ignore lequel c'est, mais je sais dans quelle rangée il se situe. D'où je suis, c'est sûr que je ne peux pas la manquer.

Ça fait trois jours que je tourne et retourne mes idées dans ma tête. J'en suis arrivée à la conclusion que… je ne comprends pas. Franchement, j'ai hâte d'avoir des explications.

Les deux premières journées après la publication du journal, j'étais sur les nerfs. J'avais l'impression d'être une équilibriste sur une corde en fer. À tout moment, je m'attendais à ce qu'on me parle de Noisettine et de mes poèmes, mais personne ne l'a fait. Seulement trois personnes, dont mon enseignante de français de première secondaire, sont venues me voir pour me féliciter d'être finaliste au concours de Télé-Canada. Je n'ai reçu aucun autre commentaire à propos de l'article du journal étudiant. J'en suis venue à la conclusion que personne, à part Étienne, ne devait lire mes poèmes du temps où je les publiais ou que ceux qui les ont lus les ont complètement oubliés.

Depuis, la tension est redescendue d'un cran. Je suis loin d'être à l'aise avec l'idée que mon nom ait été dévoilé, mais j'essaie de ne plus y penser. J'ai tout de même très hâte d'éclaircir cette histoire avec Estelle.

La cloche est sur le point de sonner et il n'y a aucune trace d'Estelle. Pourtant, tous les autobus sont arrivés. Peut-être que sa mère vient la reconduire à l'école ce matin.

Bon! La voilà enfin! Estelle a le teint un peu blafard et marche lentement. Elle a dû être malade, ce qui explique son absence de quelques jours à l'école. Tout à coup, je me demande quelle attitude adopter. On ne tape pas sur la tête de quelqu'un qui est déjà à genoux... D'un autre côté, je n'en peux plus de cette boule qui me pèse dans la poitrine.

Estelle passe à côté de moi sans me voir. Ou en faisant semblant de ne pas me voir. Je la suis jusqu'à son casier. Il y a foule. On enlève les manteaux, on range ses effets sur les tablettes, on texte, on se maquille. Ici, c'est le capharnaüm le matin.

—Estelle... j'aimerais te parler, lui dis-je en touchant son épaule pour attirer son attention.

Elle affiche un air surpris qui m'étonne. Elle devait s'attendre à ce que je lui réclame des explications, non?

—Allô.

Elle tousse un peu et regarde sa montre rapidement.

—Est-ce que ça peut attendre? Je suis pressée. J'ai été absente trois jours et je veux arriver d'avance à mon cours pour demander au prof ce que j'ai manqué.

Serait-elle en train de se trouver une excuse pour se sauver de moi?

—On pourrait se donner rendez-vous ce midi à la place de l'Amitié, poursuit-elle.

Ce midi, c'est mieux que rien.

—D'accord. Je vais te rejoindre à midi vingt-cinq, ça te va?

—Oui, ça devrait aller. À plus!

Je la regarde se faufiler entre les élèves et j'ai l'étrange impression qu'elle ne sait même pas pourquoi je veux la voir. Est-elle en train de rire de moi?

Pendant mes deux cours de l'avant-midi, j'essaie de me changer les idées en chantant dans ma tête. Ces temps-ci, Lili écoute du Mika en boucle et certaines chansons sont de vrais vers d'oreille. *Underwater* est planante, *Boum, boum, boum* est rigolote. Je ne comprends pas toutes les paroles en anglais, mais j'aime les mélodies et la voix de ce chanteur. Je repasse ses clips dans ma tête en oubliant les mathématiques et les sciences.

Midi vingt-cinq. Toujours pas d'Estelle. L'horloge de la place de l'Amitié n'est peut-être pas à la bonne heure... En ce moment, Étienne est avec François et Clémentine est allée à la bibliothèque. Je suis donc seule à attendre et le temps est long. Midi trente, midi trente-cinq, midi quarante ! Enfin, je la vois. Elle n'a pas l'air pressée, comme si elle ne réalisait pas qu'elle a quinze minutes de retard. Je la vois tousser dans son coude.

Lorsqu'elle arrive près de moi, elle semble comprendre que je ne suis pas de très bonne humeur. J'essaie de me contenir, mais les plis de mon front et mon visage crispé doivent me trahir malgré moi.

Elle s'arrête, reprend son souffle et réfléchit quelques secondes.

— Tu m'avais dit midi vingt-cinq ou midi quarante ? Tout à coup, j'ai un doute...

— Midi vingt-cinq.

— Ah! Désolée. Mes idées ne sont pas tout à fait claires…

Elle s'assoit à côté de moi. Je remarque alors les cernes sous ses yeux. C'en est effrayant. On dirait presque qu'elle a deux yeux au beurre noir.

Je me force pour sourire.

— Tu as été malade?

— Oui, j'ai eu une pneumonie et on m'a hospitalisée deux jours pour me donner des antibiotiques en intraveineuse. Mais je commence à aller mieux. La fièvre est tombée, en tout cas.

— Ouf… Ce n'est pas drôle.

— Ouais, mais c'est presque derrière moi maintenant. Alors, de quoi voulais-tu me parler?

Ça y est, c'est le moment que j'attends depuis des jours. Je n'ai pas préparé ce que je voulais lui dire. J'aurais dû y penser. Si je l'avais fait, je serais sûrement moins stressée qu'en ce moment. Une chance que j'ai un bon antisudorifique. Allez, vas-y, Clara, tu es capable!

— C'est à propos de l'article que tu as écrit dans le journal.

— Le journal! Je l'avais complètement oublié! Je ne l'ai même pas lu encore. Il faut que je te dise, je n'ai pas été capable d'écrire l'article sur toi. Je ne me sentais pas assez bien. J'ai envoyé un courriel à Louis et je lui ai demandé de l'écrire à ma place. Il me devait un service depuis un petit bout de temps.

Ce n'est donc pas elle qui a rédigé le fameux texte! Estelle remarque mon changement d'expression. Soudain, elle semble inquiète.

— Quoi? Louis a écrit quelque chose qu'il ne fallait pas?

— Regarde par toi-même.

Je lui tends le journal étudiant qui était plié sous mes livres.

Elle commence sa lecture, puis je vois ses yeux s'arrêter. Elle revient en arrière, relit un passage. Son visage se décompose.

— Oh non! Il n'a pas fait ça! Clara, je me sens tellement mal! Louis ne savait pas qui tu étais et je crois lui avoir dit que c'était toi qui écrivais les poèmes dans le journal étudiant l'année dernière. Il est super gentil, il n'a pas voulu mal faire. Je ne lui ai peut-être pas dit que c'était secret…

Elle tourne la tête pour tousser et me redonne mon exemplaire du journal. Je vois bien que ce n'est pas de sa faute. Elle a été malade (elle l'est encore, d'ailleurs!), quelqu'un d'autre a écrit l'article, je n'ai personne à blâmer. C'est arrivé, c'est tout. Toute cette histoire a pris de l'ampleur dans ma tête, mais dans les faits, rien n'a vraiment changé. Mieux vaut tasser tout ça dans un coin de mon esprit.

— Ce n'est pas si grave. Je pensais que tu voulais te venger de moi. Maintenant, je comprends.

— Je suis désolée. Sans rancune ?

— Sans rancune.

Lili

7 décembre

Je suis une méchante briseuse de couples. Comme Jessenia, la fille qui a essayé de mettre le grappin sur mon premier chum, Grégory. Ça me laisse un goût amer dans la bouche.

Après ma conversation de l'autre soir avec Justin, il a continué à m'ignorer. C'est long une semaine, moi qui suis la reine des impatientes.

Et puis, sans que je m'y attende, il vient me retrouver ce midi. Ça tombe bien, Romy n'est pas encore là. Elle fait la file pour s'acheter un panini à la cafétéria. Sans passer par un « Bonjour, comment ça va ? », il va droit au but :

— J'ai cassé avec Pénélope. C'est fini entre nous deux.

J'ouvre la bouche, stupéfaite. J'ose à peine imaginer comment il a annoncé la nouvelle à sa blonde... Euh, son ex-blonde. Je dois avoir l'air ahuri d'un poisson qui a la tête hors de l'eau parce que j'ai l'impression qu'il se sent obligé de me donner plus de détails.

— Notre relation allait couci-couça. Pour être franc, Pénélope commençait à me taper un peu sur les nerfs. Elle n'arrêtait pas de me parler des vedettes d'Hollywood qui sont donc extraordinaires, qui sont donc belles ! Elle m'a déjà dit que ça lui prenait une heure le matin pour se lisser les cheveux et se maquiller. Je ne l'ai jamais vue sans maquillage, d'ailleurs. Son plus grand rêve est de participer à une téléréalité.

Il se retient pour ne pas rire, et moi aussi. Cette fille est une vraie caricature ! Elle devait pourtant bien avoir des qualités s'il est sorti avec elle.

— Si tu n'avais pas été là, je serais peut-être resté avec elle encore un peu, mais ce que tu m'as dit m'a ouvert les yeux.

— Et… comment elle l'a pris ?

Je sais que ce n'est pas de mes affaires, mais je suis trop curieuse.

— Bah… Pas très bien, mais elle n'est pas très surprise non plus. Il n'y a pas longtemps, elle m'a dit que j'avais changé.

— Ah oui ? Pourquoi ?

Il a un sourire en coin et se rapproche de moi.

— À cause de toi, voyons ! La première fois qu'on s'est rencontrés, devant le bureau de madame

173

Loiseau, tu m'as tout de suite plu. Et danser avec toi chaque semaine, il n'y avait pas meilleur moyen pour que je m'attache à toi.

Oh! La belle déclaration d'amour! C'est plus fort que moi, une bouffée de chaleur m'envahit! Mon cœur danse dans ma poitrine et mes joues s'enflamment.

— Mais pourquoi tu ne me l'as pas dit avant? Ça fait déjà plusieurs semaines qu'on suit les cours de swing.

— Je ne suis pas le genre de gars qui fait les premiers pas. En fait, je peux le faire, mais ça me prend du temps pour rassembler mon courage. Il y avait aussi Pénélope. Et je n'étais pas certain que j'étais de ton goût. Tu es toujours avec ton ami Louka. Je me suis demandé si c'était ton chum.

Je m'esclaffe.

— Plein de monde pense la même chose, mais non, c'est juste un très bon ami.

Plongés dans notre bulle, nous sursautons tous les deux lorsque l'alarme d'incendie se déclenche. Ah non! Sans même nous en rendre compte, nous nous donnons la main.

— Allez, tout le monde, on sort dehors! On se dépêche!

Les surveillantes font de grands gestes en nous dirigeant vers les portes extérieures. C'est la cacophonie. Certains courent, d'autres crient, sans compter l'alarme aiguë qui nous transperce les tympans.

—Viens, on va aller chercher nos manteaux avant qu'ils ferment les portes.

Il m'entraîne vers les casiers, mais une surveillante déploie la grille qui bloque l'accès à cette section de l'école. Personne ne peut y entrer.

—Madame, il fait moins mille dehors, je veux juste prendre mon manteau, supplie une fille à côté de nous.

—Moi aussi, je vais faire vite, je vous le jure, ajoute son amie.

—Personne ne va à son casier, tout le monde sort! tranche la surveillante. C'est la procédure et ce n'est pas un exercice.

Il faisait moins cinq degrés Celsius ce matin lorsque je suis sortie de la maison, on va geler tout rond. Et moi qui ai eu la charmante idée de mettre une petite blouse à pois à manches courtes! Je l'ai empruntée à Clara parce que je la trouve trop jolie et le tissu est super doux. Mais ce n'est pas ça qui me tiendra au chaud.

Entraînés par les surveillantes, quelques profs et une directrice adjointe, nous sortons à l'extérieur. La brise de décembre me fouette le visage. Je frissonne. Nous allons dans le stationnement des autobus. Là, il n'y a rien pour nous protéger du vent. Je sautille sur place pour stimuler ma circulation sanguine. Je ne vois ni Louka ni Romy. Je me demande où ils se cachent. C'est vrai que nous sommes plus de mille élèves ici. J'espère qu'ils ont eu le temps d'attraper leur manteau, eux.

Justin, qui porte une chemise à manches longues, semble moins souffrir du froid que moi, même s'il a le nez qui rosit. Mes dents claquent malgré moi.

—Viens ici, dit-il en me tirant vers lui.

Il m'enlace et je colle mon visage dans son cou. Il a une odeur fraîche avec une touche de pin. Ça me rappelle nos promenades en forêt dans le parc de la Mauricie, cet été. C'est drôle de penser aux vacances alors qu'on est presque en hiver.

Même si je suis au paradis dans les bras de Justin, j'espère qu'on ne s'éternisera pas ici.

Les pompiers finissent par arriver, sirènes hurlantes. Ils n'ont pas l'air si pressés que ça. Allez, gentils pompiers, on gèle, nous! Alors que je me tourne vers l'école, je vois deux directrices adjointes qui se promènent parmi la foule d'élèves en distribuant des couvertures à ceux qui n'ont pas de manteau. J'en veux une! Je lève le bras pour attirer leur attention.

—Ici, s'il vous plaît!

—Tu es chanceuse, me dit la directrice en s'approchant, il ne m'en reste que trois ou quatre.

Chanceuse, chanceuse, je ne sais pas si c'est le mot que j'aurais choisi... S'ils avaient permis qu'on aille à nos casiers avant de sortir, nous ne serions pas en train de nous transformer en glaçons! La directrice porte son gros manteau de duvet, un foulard et des gants; elle ne s'est pas gênée, elle, pour prendre le temps de s'habiller chaudement!

Justin passe la couverture autour de nos épaules, ce qui nous rapproche encore plus. J'entends son cœur qui bat dans sa poitrine. C'est une si belle mélodie!

— Tu as le nez tout froid, me dit-il doucement.

— Et toi, le tien est tout rouge.

— Attends, je sais ce qu'il faut faire.

Il tire la couverture par-dessus nos têtes. Même s'il y a des centaines d'élèves autour de nous, c'est comme si nous étions seuls au monde. Malgré le peu de lumière qui filtre, je vois ses pupilles briller d'une belle lueur bleutée. C'est un moment magique.

Comme si ça allait de soi, nos visages se rapprochent et nos lèvres se découvrent, tout en douceur. C'est un inoubliable premier *vrai* baiser!

Lili

9 décembre

J'ai un chum, j'ai un chum, j'ai un chum ! Je me sens tellement bien ! J'ai bien fait de ne pas tenter ma chance avec Frédéric, car je serais passée à côté de la personne exceptionnelle qu'est Justin. Tiens, en parlant de Frédéric, il y a longtemps que je n'ai pas eu de ses nouvelles. J'espère que lui aussi a rencontré quelqu'un. C'est un très gentil garçon, même s'il n'est pas pour moi.

Romy ne se prive pas de me taquiner à propos de l'âge de Justin. Je crois qu'elle est contente que j'aie (enfin !) un amoureux. Nous allons pouvoir faire plein d'activités en couple !

Romy file toujours le parfait bonheur avec Jérôme. Parfois, je trouve que celui-ci est un peu renfermé, mais ça n'a pas l'air de déranger mon amie. « Quand on est juste tous les deux, il parle beaucoup plus », m'a-t-elle dit. Peut-être est-ce parce qu'il est moins à l'aise avec les filles qu'avec les garçons. Il n'y a pas beaucoup de testostérone dans notre entourage. Louka et Jérôme discutent rarement ensemble. Ils ne se détestent pas, mais il n'y a aucune chimie entre eux. J'espère que Jérôme s'entendra mieux avec Justin. Il le connaît déjà un peu, mais comme Justin est en deuxième secondaire, il ne le côtoie qu'aux cours de swing, et ce n'est pas là qu'on a le temps de piquer une petite jasette!

Ce soir, je ne peux pas voir Justin. J'ai promis à ma sœur de terminer sa robe. J'ai un peu (beaucoup) procrastiné. Je remets ça depuis longtemps déjà et sa remise de prix est la semaine prochaine. Il y a au moins un mois qu'elle m'a montré le modèle de robe qu'elle aimerait. L'idée de créer une robe à partir d'autres vêtements est géniale. Pour me faire la main, je me suis cousu une tunique à partir d'une chemise de mon père. Il y avait un gros accroc sur une des manches et il ne voulait plus la porter. En fait, je ne l'ai pas cousue complètement seule, car j'ai demandé à Lucy de me coacher.

— C'est drôle que la récupération de vêtements redevienne tout à coup à la mode, m'a-t-elle dit en souriant quand je suis allée la voir. Ma mère et ma grand-mère cousaient déjà de nouveaux vête-ments à partir des vieux. As-tu vu *La Mélodie du bonheur*? C'est un film qui se déroule juste avant la Deuxième Guerre mondiale. Le personnage principal confectionne des vêtements à partir des rideaux pour les sept enfants dont elle a la garde. Comme quoi on peut faire des miracles avec un peu d'imagination!

Ma tunique est des plus réussies, alors je suis certaine que la robe de ma sœur le sera tout autant. Quand papa m'a vue avec son ancienne chemise, il n'en revenait pas.

— Ah ben, ça alors! Je n'aurais jamais cru que tu puisses en faire quelque chose d'aussi joli. Tu as beaucoup de talent, ma fille.

Je suis toujours touchée quand papa me fait d'aussi beaux compliments. Ça n'arrive pas tous les jours.

J'ai pris le sac de vêtements que maman voulait donner à l'Armée du Salut et j'ai étendu les morceaux les plus prometteurs sur mon lit. Il y avait de tout: des blouses, des jupes, des robes, des jeans... Quand j'ai vu une jupe noire plissée, j'ai été inspirée. C'est une «jupe midi» selon les termes de maman, c'est-à-dire qu'elle va jusqu'à mi-mollet. Lucy m'a confirmé que c'était un bon tissu à travailler.

J'apporte les ciseaux de couture, une pelote à aiguilles, la machine à coudre et la planche à repasser dans la cuisine. Il n'y a pas d'autre endroit confortable où m'installer chez nous. Papa a essayé de me convaincre d'aller au sous-sol, mais il n'y a pas de table suffisamment grande et ce n'est pas aussi bien éclairé. Ma boule en miroir ne me serait d'aucune utilité pour coudre.

Sur mon calepin à croquis, j'explore les possibilités. J'essaie de voir au-delà de la robe. Comment pourrais-je redonner une deuxième vie à ce vêtement démodé ? Je ne me souviens même pas d'avoir vu maman porter cette jupe, alors elle doit l'avoir achetée il y a très, très longtemps.

Finalement, après une heure de réflexion, je trouve un filon. Sur papier, c'est beau, mais encore faut-il que j'arrive à réaliser l'idée que j'ai en tête. Je suis meilleure en création qu'en couture, même si je me débrouille beaucoup mieux qu'avant.

Il me faut deux après-midi pour confectionner la robe de ma sœur. Je coupe tous les petits fils et je vais dans la salle de bain pour l'enfiler. Cette robe n'est pas extravagante, elle n'est pas non plus très originale, mais elle a un petit look classique tout à fait charmant. Ses deux manches sont courtes et ne serrent pas les bras ; elles tombent plutôt sur les épaules et le haut des bras. Avec les retailles de tissu, j'ai fabriqué une fine ceinture et le licou qui sert à attacher la robe derrière le cou. En ajoutant un collier d'une couleur contrastante, blanc ou rose peut-être, ce sera magnifique !

Je suis fatiguée, mais fière de moi. Je relève mes lunettes sur mon nez. Allez! Je vais la mettre, puis j'irai la montrer à Clara. Elle a passé l'après-midi dans notre chambre à faire une recherche pour son cours d'éthique et culture religieuse.

Toc! Toc! Toc!

—Clara, je vais entrer, mais avant, tu dois fermer les yeux.

Même si je trouve la robe très jolie, je suis tout de même anxieuse. Ma sœur et moi ne partageons pas toujours les mêmes goûts.

—C'est bon!

J'ouvre la porte et j'entre dans la pièce. Clara est assise à l'ordinateur, son manuel ouvert d'un côté et son cahier de notes de l'autre. Je crois qu'Étienne l'aide, car je vois qu'une fenêtre Skype est ouverte à l'écran.

J'aurais peut-être dû mettre mes chaussures chics, celles qui ont un petit talon. Nu-pieds, ça ne fait pas le même effet.

—OK, tu peux ouvrir les yeux.

Je comprends tout de suite qu'elle ne s'attendait pas du tout à voir ce genre de robe… mais son sourire me dit qu'elle aime ce qu'elle voit.

—C'est ma robe? C'est toi qui l'as faite? Pour de vrai? me demande-t-elle, les yeux écarquillés.

—Oui, madame!

—Tourne un peu pour voir…

Je m'exécute. Je fais une pirouette comme la ballerine en plastique du coffre à bijoux de notre enfance. Ma sœur rigole.

— Je l'adore ! Est-ce que je peux l'essayer ?

— Bien sûr, c'est ta robe après tout !

Voilà une bonne chose de faite !

Clara

16 décembre

J'ai mal au cœur, j'ai mal à la tête. Ce soir, c'est la remise des prix pour le concours de poésie. Je n'arrête pas d'y penser. La nuit dernière, j'ai fait plein de rêves bizarres. J'étais dans une très grande pièce et il y avait des centaines de personnes. J'essayais d'avancer, mais les gens me bloquaient le passage. Je leur demandais poliment de me faire une place, mais on aurait dit qu'ils ne m'entendaient pas. Même quand je touchais leurs épaules, que je les poussais, ils restaient au même endroit, en continuant de jaser et de rire entre eux.

Je me suis réveillée tout en sueur, plus fatiguée que lorsque je me suis couchée. J'aurais préféré que ce soit une journée d'école aujourd'hui, ça m'aurait occupé l'esprit. Là, je tourne en rond depuis le matin. Même en faisant des gaufres liégeoises tantôt, j'avais la tête qui bourdonnait. Mais les gaufres étaient bonnes quand même!

Je suis dans le salon, étendue sur le sofa, et je fais semblant de jouer du piano. Je n'ai RIEN à faire à part attendre. Ma sœur est avec son nouveau chum, Justin. Exceptionnellement, ils ont eu un cours de swing cet avant-midi pour répéter leur numéro pour le spectacle de Noël et là, ils sont dans notre chambre à faire je ne sais quoi. On a jasé un peu tantôt, pas très longtemps. Justin a l'air gentil. Il est très différent de Grégory, le premier chum de Lili.

On cogne à la porte. Maman est à l'étage en train d'endormir Violette et papa est sorti faire l'épicerie, alors je vais répondre. Je tombe sur Étienne.

—Mais... qu'est-ce que tu fais ici? Il me semblait que tu ne venais qu'après le souper?

—Même pas de bonjour ou un petit bec pour saluer ton amoureux? me taquine-t-il.

Je lui saute au cou et le tire à l'intérieur de la maison. C'est qu'il fait froid aujourd'hui! J'ai l'impression que je vais frissonner du mollet quand je vais sortir ce soir!

—Bonjour. (Un bec.) Je suis contente de te voir. (Un autre bec.) Je pensais que tu ne venais que plus tard. (Encore un bec.) Je suis bien contente de te voir.

Ma joue frôle sa peau.

— Tiens, tiens, ton menton commence à être un peu piquant !

Étienne rit en passant la main sur son visage.

— Il paraît qu'on appelle ça la puberté. Je suis en train de devenir un homme. Ma voix est grave maintenant, tu n'as pas remarqué ? blague-t-il en s'efforçant de parler d'une voix très basse.

— Alors, est-ce que tu vas finir par me dire ce que tu fais là ?

Il sourit mystérieusement.

— C'est Lili qui m'a appelé tantôt. Elle m'a dit que tu avais besoin qu'on te change les idées jusqu'à ce soir.

— Ma sœur a fait ça !

Il hoche la tête, le sourire toujours accroché aux lèvres.

— Eh bien, elle a eu une très bonne idée ! Je suis tellement contente que tu sois là !

— Moi aussi. Mets ton manteau, je t'emmène quelque part.

Où allons-nous ? Je n'ai pas particulièrement envie de sortir par cette température (moi et l'hiver, on n'est pas des super amis), mais j'irais n'importe où avec mon chevalier servant ! J'enfile une veste, mon manteau, j'enroule mon gros foulard autour de mon cou et je prends mes mitaines.

— On ne s'en va pas au pôle Nord, tu sais !

— On n'est jamais trop prudent!

Ah! J'allais oublier! Il faut que j'avertisse mes parents. Je cours à la cuisine écrire une note et je reviens à la hâte.

— Je suis prête!

— Mets tes bottes, me dit Étienne en les pointant du doigt.

Une fois dehors, je suis surprise de ne pas avoir très froid. C'est sûrement parce que je suis bien habillée. Nous marchons main dans la main en continuant de discuter. Je ne sais toujours pas où nous nous rendons. Étienne laisse planer le mystère.

Ce soir, en plus de ma remise de prix, c'est aussi la première du spectacle de Chrystelle. Quand elle a dit la date à Étienne, il ne s'est pas rendu compte tout de suite que les deux événements tombaient en même temps. Il a fait le lien il y a tout juste deux semaines. Lorsque nous en avons parlé, j'ai senti son dilemme. Irait-il voir sa mère chanter ou accompagnerait-il sa petite amie à sa remise de prix?

Pour être franche, j'ai un peu paniqué sur le coup. Je voulais vraiment qu'il vienne avec moi. C'est lui qui m'a inscrit à ce concours, c'est pour lui que j'ai écrit ce poème, ce ne serait pas du tout la même chose s'il était absent. Nous nous sommes trouvés grâce à la poésie… Je savais que mes parents seraient là, et ma sœur aussi, mais ce n'est pas la même chose. Comme Étienne m'a annoncé ce conflit d'horaire par *chat*, il n'a pas pu voir ma déception et j'ai fait exprès de fermer l'ordinateur. Je ne pouvais pas l'empêcher d'aller voir sa mère chanter. Chrystelle n'est pas montée sur scène depuis plus de quinze ans, c'est un moment important pour elle aussi.

Le lendemain matin, à l'école, je lui ai dit qu'il ferait mieux d'aller voir le spectacle de sa mère.

—Je ne gagnerai sûrement rien. Et ma famille sera là. Ce n'est pas comme si j'étais toute seule.

Je pensais que le dire à haute voix m'aiderait à me convaincre, mais non. J'ai fait tous les efforts du monde pour ne pas laisser paraître mes vrais sentiments.

—J'en ai justement parlé avec elle après t'avoir écrit, a-t-il commencé.

—Ah oui?

—Je vais t'accompagner à la soirée.

Je ne m'attendais pas à ça!

—Ma mère va faire plus d'une dizaine de représentations, mais cette remise de prix, c'est un seul soir. En plus, elle m'a dit que je vais pouvoir assister à certaines répétitions et à tous les spectacles que je veux. Le 16 décembre, c'est avec toi que je serai.

Depuis, Étienne a vu deux répétitions, dont une avec Flavie. Chrystelle ne savait pas comment elle allait réagir. Flavie n'aime pas les endroits publics et les bruits forts, mais Étienne m'a dit qu'elle a été très calme. Depuis que Lolie est entrée dans la famille, Flavie ne cesse de s'améliorer. Ce jour-là, avec ses coquilles insonorisantes et son chien auprès d'elle, la sœur d'Étienne a suivi toute la répétition sans broncher. Il paraît que ses yeux se sont illuminés quand sa mère est montée sur scène et s'est mise à chanter. Flavie connaît les paroles de ses chansons par cœur.

Perdue dans mes pensées, je ne remarque pas qu'Étienne me parle.

— Tu peux répéter ?

— Je disais que c'est la pleine lune ce soir. Je l'ai vu sur le calendrier ce matin.

Nous nous regardons d'un air entendu. À cause d'une pleine lune, ou plutôt d'une super lune, j'ai eu la pire punition de ma vie. Je ne suis pas près de l'oublier.

Au tournant d'une rue, je comprends où nous allons.

— Est-ce qu'on va chez Pauline ?

— Je me demandais quand tu allais finir par deviner !

Pauline est un petit dépanneur à quelques rues de chez moi. En plus d'avoir les produits courants que vend un dépanneur, il y a un graaaand comptoir à bonbons à côté de la caisse. À l'aide de pinces ou de longues cuillères en plastique, on peut remplir de plus ou moins grosses boîtes de friandises. Étienne sait que je raffole de cet endroit. C'est seulement depuis le rachat du magasin par madame Pauline cet automne que ce comptoir à bonbons existe. Je l'ai rebaptisé le comptoir à bonheur ! J'adore les mûres suédoises en gélatine, les petits oursons, les nombrils et les lèvres à la cannelle. J'aime laisser les jujubes fondre doucement dans ma bouche et devenir tout collants. J'aime aussi faire des nœuds dans les longues réglisses lacets et les briser avec mes dents.

Étienne a eu une super idée de m'amener ici. C'est en plein ce qu'il me fallait pour me changer les idées !

Lili

16 décembre

Je viens de raccrocher avec Étienne. Je lui ai dit d'arriver plus tôt à la maison pour aider Clara à être moins paquet de nerfs ! Je n'ai jamais entendu ma sœur bouger autant que la nuit dernière. Ce matin, avant que je parte à ma répétition de danse, elle faisait un casse-tête avec Violette et elle s'impatientait pour des niaiseries. Ce n'est tellement pas son genre. Il n'y a aucun doute, c'est surtout la remise de prix de ce soir qui la préoccupe.

Même s'il n'y a pas très longtemps qu'on est ensemble, j'ai offert à Justin de m'accompagner à la soirée. Maman a dit que ça ne la dérangeait pas. On y va avec deux voitures de toute façon, alors il y a de la place.

Pour le souper, papa a décrété qu'il irait chercher du poulet portugais dans un petit resto pas très loin d'ici. « Comme ça, on ne se cassera pas la tête et on s'épargnera de la vaisselle!» a-t-il ajouté.

Toute ma famille a rencontré Justin pour la première fois tantôt. Je n'étais pas stressée, car mes parents savent depuis longtemps que je danse avec lui tous les mardis soirs.

Tout s'est bien déroulé… Enfin, non, mais ce n'est pas du tout à cause de mon chum. Juste comme il mettait les pieds dans la maison, Violette en a profité pour débouler les escaliers du sous-sol, ce qui a causé tout un branle-bas de combat. Heureusement, à part quelques bleus, il y a eu plus de peur que de mal. Violette a beaucoup pleuré, mais après, elle était tellement brûlée que maman est allée la coucher pour sa sieste et je ne l'ai plus entendue. Maman non plus, d'ailleurs. Elle doit s'être endormie avec Violette. Ma petite sœur a un lit de grande, maintenant. Ce n'est pas dans son lit à barreaux que maman aurait pu s'allonger à côté d'elle!

Justin a apporté son iPad et il me montre des photos de lui sur son compte Instagram. En fait, je les avais déjà vues, mais il m'en explique les dessous. J'apprends qu'il a fait un voyage à Paris avec sa famille l'an dernier pour le travail de son père. Ils ont séjourné dans un chouette petit appartement d'où on voyait la tour Eiffel. Le rêve! Il y a beaucoup de photos de lui et de sa sœur, surtout des *selfies* pris par sa sœur avec son télé-phone cellulaire.

Il passe vite deux ou trois photos sur lesquelles se trouve son ex-blonde.

— Je ne veux pas que tu te fâches. Je vais sûre-ment les effacer... Même si Pénélope est sur ces photos, c'étaient de beaux moments. Ici, c'était un gros BBQ avec mes voisins ; là, le jour de ma fête avec mes cousins et mes cousines.

— Tu penses que ça me dérange ? dis-je en haussant les épaules. Tu ne peux pas effacer ta vie avant qu'on sorte ensemble. J'ai déjà eu un chum, moi aussi. Et presque un deuxième !

— Presque ?

— À vrai dire, Frédéric et moi, on s'est rendu compte qu'on n'était pas faits l'un pour l'autre. Mais on est toujours amis, même si on ne se voit pas très souvent.

— Hum... Il va falloir que je fasse attention à ce Frédéric. Je ne veux pas qu'il me vole ma super nouvelle blonde ! Je la garde juste pour moi.

— Pas de danger !

Je repense à Louka. Justin a déjà cru qu'il était mon amoureux. Je ne pouvais pas lui dire que Louka est gai, mais je lui ai bien expliqué que ce n'était pas un concurrent. Louka m'a justement dit la semaine dernière qu'il avait appelé Gai Écoute pour jaser avec des personnes qui pourraient le conseiller et l'aider dans son cheminement. Il parle aussi de son orientation avec sa psy. Il semble de plus en plus confiant. Je suis contente et soulagée pour lui.

Justin laisse tomber son iPad et s'approche pour m'embrasser.

Nous continuons de discuter de tout et de rien pendant un certain temps jusqu'à ce que je me mette à bâiller. Une fois, deux fois, trois fois. C'est plus fort que moi, je suis incapable de m'en empêcher.

—Encore! s'exclame Justin alors que j'essaie de dissimuler mon "crime" en tournant la tête.

—Je suis désolée. Je me suis réveillée plein de fois cette nuit à cause de ma sœur et je ne suis pas habituée à me lever tôt le samedi.

Serine et Raphaël ont organisé une répétition à huit heures trente ce matin parce que nos numéros ne sont pas encore au point. On n'a pas autant le temps de répéter que dans nos cours réguliers. Danser un samedi, ça ne me dérange pas du tout, mais me lever tôt, oui! Je me suis réveillée à la même heure que lorsque je vais à l'école. Nous allons faire une petite représentation spéciale dans un centre pour personnes âgées vendredi soir prochain, alors on met la gomme pour offrir la meilleure performance possible. Sûrement qu'une partie de ces gens ont déjà dansé le swing dans leur jeunesse !

—Aimerais-tu qu'on fasse une petite sieste ?

—Oh oui ! Ça me ferait du bien ! Après, je serai en super forme.

—Tu n'avais qu'à le dire avant. Moi, j'ai joué à la PS4 hier soir. Je suis loin d'avoir mes huit heures de sommeil habituelles dans le corps !

Faire une sieste en amoureux, c'est quelque chose que je ne me souviens pas d'avoir fait souvent quand je sortais avec Grégory. Peut-être que ça ne nous est même jamais arrivé.

Je vais piquer l'oreiller dans le lit de Clara, je dépose mes lunettes sur la table de chevet et je reviens m'étendre à côté de Justin par-dessus la douillette. Justin prend ma main et colle sa tête tout près de la mienne. Je sens l'odeur saline de son shampoing.

Les premières minutes, on dirait que je suis trop énervée pour dormir. C'est une drôle de situation, quand même... Mais rapidement, le sommeil commence à m'engourdir. Je suis sûre que je ferai de beaux rêves !

Je dors comme un bébé lorsque Clara et Étienne entrent dans la chambre en coup de vent.

— Lili ! Regarde ce que je t'ai apporté… Oups ! Vous dormiez ?

— Mmmmm…

J'ouvre un œil et regarde ma montre. Seize heures trente ! Wahou ! J'ai dormi plus d'une heure. Je me frotte les yeux et m'assois dans mon lit pendant que Justin s'étire.

— Tu m'as apporté quoi ?

Clara, qui a les joues rouges, me tend une petite boîte blanche que je reconnais tout de suite. Des bonbons de chez Pauline ! Ce sont les meilleurs !

— Est-ce que maman le sait ?

— Tu penses ! Je n'ai pas fait exprès de les lui montrer. Elle m'aurait fait un sermon sur les dangers du sucre, les caries et tout le tralala !

Pendant que nous parlons, je vois Justin et Étienne se dévisager. Zut ! On ne les a pas présentés l'un à l'autre ! Contrairement à ma sœur, j'ai une bonne excuse, je suis encore tout endormie.

Comme j'ouvre la bouche, Justin se lève et tend la main à Étienne.

— Salut, moi c'est Justin.

— Et moi, Étienne.

Petit malaise. On dirait que les garçons ne savent pas trop quoi se dire. C'est un peu normal, c'est la première fois qu'ils se rencontrent. Il faut que je détende l'atmosphère.

—Bon, maintenant que tout le monde se connaît, on les mange, ces bonbons? dis-je en attrapant la petite boîte blanche.

—Parce que tu penses qu'on vous a attendus? répond ma sœur en faisant un clin d'œil à son chum.

Une boîte de bonbons et quelques fous rires plus tard, maman frappe à la porte de notre chambre. Je m'empresse de cacher la boîte vide sous mes couvertures.

—Vincent est parti chercher le poulet. Il va être là dans quinze minutes. Vous voulez m'aider avec Violette et mettre la table pendant que je prépare une petite salade?

—Oui, oui, on arrive, dis-je.

Lorsqu'elle referme la porte, je m'affale sur le lit en riant comme une folle.

—Ça y est, on vient de la perdre, commente ma sœur le plus sérieusement du monde.

Je ne peux plus m'arrêter, c'est incontrôlable. J'en ai mal au ventre. On vient de s'empiffrer de bonbons et on s'en va manger du poulet! Des larmes coulent de mes yeux.

Clara se tourne vers Justin.

—Ne t'en fais pas, ça lui prend parfois. Mais elle est très saine d'esprit quand même. La plupart du temps, en tout cas!

Je me redresse d'un seul coup.

— Hey ! Ne va pas raconter des niaiseries à mon chum, sinon…

— Sinon quoi ?

— Je ne sais pas. Mais je trouverai bien. Je suis une personne irréprochable.

— Bon, on y va ? Maman a dit qu'elle préparait une salade. Je n'ai pas envie qu'il arrive encore une catastrophe à Violette, pauvre petite cocotte !

On descend tous les quatre au rez-de-chaussée. Clara met la table pendant que je prends Violette et que je m'amuse à la faire sauter sur mes genoux en lui tenant les mains.

— P'tit galop, p'tit galop, p'tit galop… dans le trou !

— Encore ! Encore ! babille-t-elle.

Elle adore ce jeu-là. Quand je dis «dans le trou», j'ouvre mes cuisses et elle tombe en rigolant. Mon grand-père faisait toujours ça avec nous quand on était petites. Violette dit «encore» depuis quelques semaines. C'est son nouveau mot favori. En fait, à part celui-là, elle dit une vingtaine de mots, dont évidemment «papa» et «maman», mais pour elle, il y a trois mamans, car elle nous appelle aussi comme ça, Clara et moi !

Une chance que le poulet est bon parce que je dois me forcer pour terminer mon assiette. Clara ne finit pas la sienne, mais je ne sais pas si c'est à cause des bonbons qu'elle a mangés ou du stress. Étienne la regarde d'un air rassurant. Elle a de la chance d'avoir un amoureux aussi gentil. Mais je ne suis pas jalouse du tout !

Nous laissons les garçons au rez-de-chaussée pendant que nous allons nous changer dans notre chambre. Pour être certaines de ne pas salir nos robes, nous avons décidé de les mettre seulement à la dernière minute. Il aurait suffi d'une éclaboussure de sauce pour que tout soit gâché. Et avec Violette qui a parfois l'air de vouloir repeindre les murs de la salle à manger avec sa nourriture, on n'est jamais trop prudents !

Lorsque j'ai montré à Lucy la robe que j'ai confectionnée pour Clara, elle m'a convaincue de m'en faire une aussi.

— Penses-y, vous feriez fureur toutes les deux avec vos belles robes !

— Mais le problème, c'est de trouver une idée géniale.

— Là, je ne te reconnais pas du tout, Lili Perrier. Depuis quand as-tu peur de ne pas réussir quelque chose ?

J'ai soupiré. Je n'avais plus le choix. Lucy avait touché ma corde sensible. Il fallait que je me couse une robe.

Ce soir-là, quand je suis retournée chez moi, j'ai passé la soirée devant mon ordinateur sans trouver ce que je cherchais. Pour une deuxième fois, j'ai vidé le sac de vêtements à donner sur mon lit ainsi qu'un autre que Lucy m'avait remis. J'ai remarqué qu'il y avait plusieurs vêtements gris. Une blouse grise, très pâle, un chandail à manches longues rayé gris, rose et noir, une jupe de maternité grise ornée de cœurs noirs… Placés les uns à côté des autres, ils s'agençaient bien, me semblait-il. Je n'aime pas le gris quand il est fade, mais je savais que je pouvais créer une robe tout à fait charmante en mélangeant ces tissus. Et cette écharpe rose fuchsia – je ne comprenais même pas qu'on ait voulu s'en débarrasser! – pourrait donner le petit «oumph» qui manquait à ma création…

Je me suis couchée en continuant de cogiter et c'est seulement le lendemain que la petite étincelle que j'avais allumée est devenue un feu ardent. Tout l'avant-midi, j'ai dessiné des modèles dans mes cahiers et, dès mon retour à la maison, j'ai commencé à découdre ces vêtements pour m'en faire une robe. Je n'ai même pas soupé tellement j'étais prise dans mon projet.

Finalement, ma robe est magnifique. Je ne le dirai pas à Clara, mais je trouve qu'elle est plus belle que la sienne. C'est une robe empire, c'est-à-dire qu'elle est ajustée juste sous la poitrine. J'ai utilisé la blouse en fin tissu gris pâle pour le haut, l'écharpe souligne la taille de la robe et le bas est fait avec la jupe ornée de cœurs. J'ai eu droit à un « Wow ! » ébahi quand je l'ai montrée à ma mère. « Il va falloir que tu m'en fasses une un jour ! » a-t-elle déclaré. Je voudrais bien, mais c'est sûr que ça n'ira pas avant les vacances de Noël !

Clara et moi descendons donc au rez-de-chaussée avec nos belles robes. Je suis fière de ce que j'ai accompli. Et j'espère que ma sœur remportera le grand prix. Elle le mérite !

Clara

16 décembre

La salle est tellement belle, tellement vaste! Les plafonds sont très hauts et les luminaires suspendus jettent un éclairage doux sur la pièce. De lourdes tentures en velours bourgogne décorent les murs. Je suis tout impressionnée. Je me sens aussi petite qu'une souris. Une chance qu'Étienne est à côté de moi, car je sens que je pourrais me sauver en courant. Ce n'est pas mon monde, qu'est-ce que je fais ici?

La personne qui nous accueille à l'entrée nous invite à nous asseoir où nous voulons. Si ce n'était que de moi, je prendrais place en arrière, mais Lili fonce tout droit vers l'avant de la salle et s'assoit dans la deuxième rangée.

—Et toi, tu poses tes fesses ici, m'ordonne-t-elle en me désignant le siège le plus proche de l'allée du centre. Quand tu gagneras ton prix, tu ne bousculeras personne pour aller le récupérer !

Elle n'a même pas dit « si tu gagnes le prix ». Je ne sais pas pourquoi, mais je sens que j'ai beaucoup de pression sur les épaules. J'ai peur de décevoir ma famille, mon chum... Ils sont tous là pour moi. Ils ont mis beaucoup trop d'espoir dans ce concours. Moi, ça ne me dérange pas de perdre. Si je pouvais rester assise sur ma petite chaise, totalement anonyme, j'en serais bien contente.

Nous sommes arrivés parmi les premiers. La salle se remplit tranquillement. D'autres garçons et filles de mon âge, accompagnés de leurs proches, prennent place autour de nous. Je ne reconnais personne.

— Relaxe, me souffle Étienne à l'oreille. Tu n'es pas ici pour recevoir une punition !

— Je sais, murmuré-je.

— Et on est ensemble, c'est l'important, non ?

— Oui.

J'appuie ma tête contre lui et il me masse les épaules d'une main pour m'aider à me détendre. Je suis une vraie barre de fer, toute crispée. Je n'ai qu'une envie, retourner dans mon lit, chez moi. Vivement que la soirée finisse !

— Je me demande comment se passe le spectacle de ta mère, lui dis-je.

— Moi aussi. J'espère qu'elle s'amuse. Elle aime tellement chanter, c'est une chance incroyable qu'on l'ait invitée à faire partie de ce spectacle.

Lili fait sauter Violette sur ses genoux pendant que Justin lui adresse des grimaces. Ils ont l'air d'avoir beaucoup de plaisir. Papa placote avec l'homme qui a pris place derrière nous. D'après ce que je comprends, c'est l'un de ses collègues de travail. Maman aussi a l'air de le connaître. Ils se sont sûrement vus dans un des partys de Noël organisés chaque année. Ils rigolent et semblent avoir plein de choses à se dire.

Je regarde ma montre. La cérémonie devrait être commencée depuis plus de dix minutes. La salle est presque pleine, ça ne devrait plus tarder.

Deux jeunes comédiens, un homme et une femme qu'on voit dans plusieurs émissions de télévision, s'avancent côte à côte dans l'allée et montent sur la petite scène à l'avant de la salle. Ce sont les animateurs de la soirée. La femme est superbement maquillée et coiffée, mais surtout très chic. Sa robe doit venir d'un grand couturier.

— Toi aussi, tu es très belle, me dit Étienne, comme s'il avait lu dans mes pensées.

Il est fin, mon chum !

Les lumières se tamisent et la soirée commence officiellement. Après quelques blagues (qui tombent malheureusement un peu à plat), les animateurs présentent un des patrons de Télé-Canada, un vice-président de quelque chose… Ils ont parlé un peu vite et je n'ai pas tout à fait compris. C'est la même personne qui a signé la lettre que j'ai reçue pour me dire que mon poème avait été retenu. Pendant plusieurs minutes, il parle de l'importance de la culture chez les jeunes, soulignant au passage l'influence qu'a eue la littérature dans sa vie, puis de l'implication de Télé-Canada dans la communauté.

C'est un peu ennuyant et je me retiens pour ne pas bâiller. Je regarde de biais et je vois que ma sœur, elle, ne se gêne pas! Violette gesticule, elle a de la difficulté à rester en place. Maman sort son téléphone cellulaire de son sac et lui met un film de Bugs Bunny, sans son, pour l'occuper. Ça fonctionne toujours!

Étienne me donne un coup de coude discret.

— Regarde!

Le vice-président n'est plus là. Je ne l'ai pas vu partir. Plusieurs jeunes, que les animateurs présentent comme des finissants de l'école de théâtre, montent à leur tour sur scène. L'un après l'autre, ils déclament les dix poèmes finalistes. Mon cœur s'emballe. Mon poème est le cinquième. Il est récité par un jeune homme aux cheveux très longs qui porte un joli nœud papillon rouge. Étienne me serre fort la main et mes parents me regardent avec fierté.

La recette du bonheur sucré

Tout d'abord, il vous faut un soupçon de savoir
Prenez un bol et saupoudrez le fond d'une
*   couche d'espoir*
Ajoutez-y une tasse de crème de santé
Versez goutte à goutte du lait d'amitié

Puis, mélangez avec douceur une cuillerée de
*   positivisme*
Portez à ébullition une quantité raisonnable
*   de jus d'altruisme*
Et battez des œufs en neige avec gentillesse
Découpez le tout avec quelques emporte-pièce

Déposez délicatement dans le four et laissez
*   cuire*
Avec une couche d'amour, généreusement les
*   enduire*
Ne pas oublier de laisser refroidir le temps
*   d'ajouter de la générosité*
Finalement, dégustez avec des êtres chers ce
*   mets raffiné*

Je ferme les yeux. C'est une sensation toute particulière d'entendre quelqu'un prononcer les mots, les vers que j'ai écrits. J'écoute et je me surprends à redécouvrir mon poème. Je comprends alors pourquoi il a été choisi. Je ne veux pas du tout me vanter, mais c'est vrai que c'est un très joli poème. J'aime la pâtisserie, j'aime les mots et mon poème marie bien mes deux passions. Pour la première fois, je remercie intérieurement Étienne de l'avoir soumis à ce concours. Les autres poèmes sont aussi très réussis. La compétition risque d'être féroce... quoique ce mot ne me caractérise pas du tout !

— Mesdames, mesdemoiselles, messieurs, voici le moment tant attendu. Nous allons dévoiler les trois lauréats du concours annuel de poésie de Télé-Canada. Les gagnants recevront chacun une carte-cadeau d'une valeur de cent dollars de la librairie Le Marque-Page et le premier prix sera également accompagné d'une tablette iPad, gracieuseté de Numérik Informatique.

Roulement de tambour intérieur. Je ferme les yeux.

— Le troisième prix est remis à... Mila Gagnon pour son poème *La vie bascule*. Félicitations !

J'ouvre les yeux. Une fille très grande (elle doit avoir 20 centimètres de plus que moi !) se lève et tente de se frayer un chemin jusqu'à l'allée centrale. Je souris en me rappelant ce que Lili m'a dit en arrivant. Cette Mila n'a sûrement pas de sœur jumelle pour lui donner de bons conseils.

Le deuxième nom va être dévoilé. Avant même que l'animatrice n'ait prononcé un mot, j'ai l'intuition qu'elle va dire mon nom. C'est quelque chose qui ne m'est jamais arrivé, à part quand je ressens une émotion forte que vit Lili. Je le sais et c'est tout. Une chaleur intérieure envahit tout mon corps. Étienne, qui me tient la main, tourne la tête vers moi. C'est les yeux plongés dans les siens que j'entends l'animatrice prononcer d'une voix claire :

— Le deuxième prix est attribué à Clara Perrier pour son poème *La recette du bonheur sucré*! Bravo!

Je suis calme, extrêmement calme. À l'évocation de mon nom, Lili bondit de sa chaise en applaudissant.

— Yahou! Clara, c'est toi!

Étienne me sourit tendrement.

— Allez, vas-y.

Sur son visage, je vois toute sa fierté d'avoir soumis mon poème au concours. Tout ça, c'est grâce à lui. Mais bon, là, je dois me lever et aller récupérer mon prix à l'avant. C'est la partie que j'aime le moins. Lili me lance une œillade encourageante tout en me faisant un petit signe de la tête. Quand il le faut, il le faut.

Je m'avance et monte sur la scène. L'animatrice me remet un certificat et une enveloppe contenant la carte-cadeau. Pour me calmer, je suis déjà en train de me faire une liste mentale des livres que je vais acheter.

Zut! Je ne peux pas aller me rasseoir tout de suite. Je dois rester sur scène. Un gros projecteur est braqué sur nous et la lumière m'éblouit un peu. J'ai de la difficulté à bien voir ma famille et mon chum, même s'ils sont assis dans la deuxième rangée. Je ne m'inquiète pas trop, je sais qu'ils ne partiront pas sans moi. Je lisse ma robe. Je suis très contente du joli travail que ma sœur a fait. Il faudrait que je trouve un moyen de la remercier… Je devrais lui faire une fournée de ses cupcakes au chocolat préférés, juste pour elle.

Le premier prix est remis à un garçon du nom d'Édouard Faucher pour son poème *Promenade à deux*. Il marche vers la scène en sautillant tellement il est heureux. Je suis contente pour lui. Je ne suis pas déçue d'avoir gagné le deuxième prix. C'est déjà une grande victoire pour moi.

Après un dernier petit mot, les animateurs remercient toutes les personnes présentes et invitent tout le monde à prendre un rafraîchissement à l'arrière de la salle. Avant d'aller rejoindre les autres, je dois me plier à une séance photo.

Le photographe nous bombarde de son appareil gigantesque pendant plusieurs minutes.

— OK, je veux les trois gagnants seuls. (Clic! clic! clic!) Parfait. Les deux animateurs, joignez-vous aux gagnants. Tout le monde sourit! (Clic! clic! clic!) Vous êtes merveilleux! Maintenant, je veux une photo de chacun des gagnants avec les animateurs. Et monsieur le vice-président Robert, venez vous joindre à eux, s'il vous plaît. (Clic! clic! clic!)

Ça n'en finit plus. J'ai mal aux joues à force de sourire.

Enfin, je vais retrouver ma famille. Étienne me fait une grosse accolade pendant que Lili chipe mon certificat.

— Félicitations, ma grande, me complimente papa en me donnant un bec sur chaque joue.

— Nous sommes très fiers de toi. Bravo, renchérit maman.

Violette lance un petit cri en essayant d'attraper le verre de jus que tient mon père.

— Tu vois, même Violette est contente pour toi!

Papa et maman vont retrouver le collègue de travail de papa et nous restons seuls «entre jeunes».

— Ouin... Je ne suis pas près de recevoir ce genre de papier bientôt, me dit ma sœur en me rendant mon certificat.

—Ne dis pas ça. Il doit bien y avoir des compétitions de danse parfois, non?

Justin fait signe que oui de la tête.

—Et quand on gagne une compétition, ce ne sont pas des certificats qu'on reçoit, mais des trophées, ajoute-t-il.

—Oh, c'est vrai. Je n'y avais pas pensé. Bon, quand est-ce qu'on s'inscrit à une compétition?

—Il va falloir demander à madame Loiseau, c'est elle la spécialiste!

Tout à coup, quelqu'un me tape sur l'épaule. Je me retourne et j'ai la surprise de voir l'animatrice.

—Clara, c'est ça?

Je hoche la tête en me demandant ce qu'elle me veut. Elle tient son cellulaire à la main. Elle ne veut sûrement pas me dire que j'ai un appel!

—Tantôt, sur scène, je regardais ta robe et je voulais te dire que je la trouve super belle. Et là, je vois que tu as une sœur qui en porte une tout aussi jolie. Elles sont très originales, où les avez-vous achetées?

Lili pouffe de rire. L'animatrice fronce les sourcils. Je ne veux pas qu'elle pense qu'on rit d'elle.

—Ma sœur rit parce qu'en fait nous ne les avons pas achetées. C'est elle qui les a confectionnées à partir de vieux vêtements.

L'animatrice écarquille les yeux d'admiration.

—Wow! Je n'en reviens pas. Est-ce que vous acceptez qu'on prenne une photo de vous deux et que je la mette sur ma page Facebook? Vous êtes juste trop belles!

—Euh...

—C'est sûr qu'on accepte! s'empresse de dire Lili.

Avec le téléphone cellulaire de l'animatrice, Justin prend quelques photos de nous trois.

—En tout cas, si jamais tu décides de vendre tes créations un jour, je serai parmi tes premières acheteuses!

Elle nous fait la bise et repart en pianotant sur son cellulaire.

Lili se met à sauter frénétiquement sur place. Je me rapproche de mon chum et je lui glisse à l'oreille:

—Je vais en entendre parler pendant des semaines!

—Tu vois, les jumelles Perrier sont juste trop super. Justin est sûrement d'accord avec moi, ajoute-t-il en se tournant vers lui.

—Je seconde! lance-t-il en embrassant ma sœur dans le cou.

Lili n'arrête plus de rire. Je ne peux m'empêcher de sourire en la voyant si euphorique. Je vis probablement le même genre de sensation qu'elle, mais moi, c'est tout à l'intérieur que ça se passe.

Pendant que Justin et ma sœur se taquinent, je ferme brièvement les yeux et je me perds quelques instants dans mes pensées. J'entends une petite voix dans ma tête qui me dit de savourer ce moment magique. Je respire profondément. Je suis heureuse, tellement heureuse !

Étienne me serre tout contre lui et je me dis que je me souviendrai de cet instant toute ma vie.

DERNIER CHAPITRE

Seize ans plus tard

Lili

27 avril

— Merci, Lili, pour ce résumé de l'excellent film de Xavier Dolan. Et demain, tu nous parleras de ?...

— Je vais vous présenter le nouvel album du conteur et chanteur Fred Pellerin. Vous allez voir, vous serez charmés !

— Parfait, à demain ! Et nous, on se retrouve après la pause pour faire le point sur la circulation.

Huit heures trente-sept. Dire que je suis debout depuis trois heures trente ! C'est fou comme les horaires sont déréglés quand on travaille dans une émission de télévision matinale !

Je sors du studio avec les pieds en compote. Je n'aurais pas dû mettre ces chaussures, elles me font toujours mal. Je pense que je souffrais moins quand je dansais le ballet classique sur des pointes. Je les ai choisies parce qu'elles allaient bien avec la robe qu'on m'a prêtée pour faire ma chronique, mais c'est la DERNIÈRE fois que je les mets !

Roméo, un caméraman que je connais depuis longtemps, me regarde avec un sourire en coin.

— Il faut souffrir pour être belle, ma chère !

— Ah, Roméo, mon Roméo, tu as bien raison, malheureusement.

Il me fait un clin d'œil et retourne dans le studio, un café à la main.

Je n'attends même pas d'être dans ma loge pour enlever ces instruments de torture. Quel soulagement !

Même si ces chaussures sont belles (et que je les ai payées beaucoup trop cher), je n'ai plus aucune envie de les mettre. Peut-être qu'elles iraient mieux à Clara… Il faudrait que je pense à les lui apporter samedi soir lorsque j'irai souper chez elle. Pour une fois que je n'assiste à aucun spectacle, aucun concert, il faut bien que j'en profite un peu !

Je suis en train de me démaquiller quand Sofia entre dans ma loge en coup de vent, comme toujours. Elle me fait sursauter chaque fois.

— J'ai entendu ta chronique, me lance-t-elle. Alors, tu as vraiment aimé le nouveau film de Xavier Dolan ? Pour vrai ?

— Sans blague, je trouve que c'est son meilleur. Je pense que je vais aller le revoir avec mon chum.

Alexander ne donne jamais de cours le vendredi après-midi, alors demain, on va peut-être en profiter pendant qu'Emma est à la garderie.

— Parfait! Je sais ce que je vais faire ce soir. Merci!

Elle ressort aussi rapidement qu'elle est entrée. En parlant d'Alexander, je me demande s'il m'a envoyé un texto. Effectivement, c'est le cas. « Tu es bonne, tu es belle, tu es capable! *I love you so much!* XXX » Je souris. Mon chum m'envoie souvent des petits mots d'amour, comme ça, sans raison spéciale. J'adore!

Je regarde ma montre. J'ai le temps de lui répondre avant la réunion d'équipe. « Moi aussi je t'aime! Demande donc au beau-frère s'il veut qu'on apporte du blanc ou du rouge samedi. À ce soir! Li[2] »

J'ai rencontré Alexander il y a quatre ans par l'entremise d'Étienne, le mari de ma sœur. Ils sont profs au même cégep : Alexander enseigne l'anglais et Étienne la littérature française. Alexander a huit ans de plus que nous. Je l'appelle parfois « mon vieux croûton » pour le taquiner. À part le fait qu'il ait quelques cheveux blancs et qu'il n'ait pas écouté les mêmes émissions de télé que moi quand il était petit, notre différence d'âge se remarque très peu dans la vie de tous les jours. Quand j'ai appris à Romy que mon chum était plus âgé que moi, j'ai eu droit au plus long fou rire de l'histoire de notre amitié.

— Et toi qui as tout fait pour que je ne sorte pas avec le frère de Louka qui avait quoi, quatre ou cinq ans de plus que nous !

— On avait quatorze ans, il était majeur, ce n'est pas la même chose.

— Mais c'est drôle quand même ! Quelle ironie, tu ne trouves pas ?

Romy et moi, on ne se voit plus autant qu'avant et elle me manque souvent. Je travaille à l'aube et Romy est infirmière. Elle a des horaires très variables. Je préfère me lever à trois heures du matin plutôt que de travailler seize heures en ligne. Ça ne lui arrive pas si souvent que ça, mais quand même... Et elle peut travailler de jour, de soir ou de nuit, ça change tout le temps. Une vraie vie de fou ! Mais Romy aime ça. C'est drôle, je ne la voyais pas dans ce métier, mais finalement, il lui va comme un gant. Quand je serai malade, je veux que ça soit elle qui me soigne ! Louka est bien mon optométriste, alors Romy pourrait tout à fait être mon infirmière personnelle.

Ah ! Louka ! J'allais l'oublier. Il faut qu'on prenne rendez-vous ensemble pour notre projet. C'est même écrit en gros dans mon agenda. Une nuit, en conduisant pour aller au boulot, j'ai eu l'idée de partir une collection de lunettes. J'ai six montures différentes chez moi, j'aime alterner les styles selon mon humeur, les vêtements que je porte ou le temps qu'il fait. Je dessinais beaucoup de robes quand j'étais plus jeune, alors pourquoi ne pourrais-je pas dessiner des lunettes ? Louka avait l'air enthousiaste quand je lui en ai parlé. Ce serait tellement cool que ça fonctionne !

Je ramasse mes feuilles, je chausse mes ballerines super confortables et je me rends dans la salle de conférence pour retrouver les autres. Je ne pourrai pas m'éterniser, car je dois aller rencontrer Fred Pellerin à midi pile pour parler de son nouveau disque. C'est toujours un plaisir de le voir. J'ai adoré toutes nos rencontres !

Je ne veux pas arriver en retard, alors il faut que je parte d'avance, le temps de me rendre au café où on s'est donné rendez-vous et de trouver une place de stationnement. C'est un casse-tête de se stationner à Montréal. Si je n'habitais pas sur la Rive-Sud, je prendrais le métro, c'est tellement plus facile !

Je ne peux m'empêcher de bâiller. J'espère que j'aurai le temps de faire une petite sieste une fois revenue chez moi, avant qu'Alexander rentre avec notre petite Emma. Ce soir, j'ai un lancement, il faut que je sois en forme !

Clara

28 avril

Je le tiens entre mes mains. Mon tout premier livre. Je ne peux m'empêcher d'être émue et d'avoir envie de pleurer. Je caresse la couverture du bout des doigts en souriant bêtement. C'est mon livre à moi. En fait, c'était mon livre, mais à partir de maintenant, c'est le livre de tous les lecteurs du monde. Mes mots n'ont plus d'attache.

Quand je suis rentrée du travail, j'avais cette grosse boîte qui m'attendait devant la porte. D'abord, j'ai pesté contre le livreur qui l'avait laissée sur le perron pendant mon absence, mais dès que je l'ai ouverte et que j'ai découvert ce qu'elle contenait, je me suis radoucie. Depuis, je suis assise au salon avec mes livres et j'attends. J'attends Étienne qui devrait rentrer d'une minute à l'autre. J'ai hâte qu'il arrive. Il va être aussi excité que moi.

Bizarrement, je ne lui ai jamais fait lire ce livre. Quand nous étions adolescents, il lisait (et relisait!) toujours mes poèmes. Avec le temps, j'ai cessé de faire de la poésie et j'ai commencé à écrire des histoires. Parfois, je les lui faisais lire, parfois non. Il n'y a que Chrystelle qui a lu ce roman et elle m'a dit qu'elle l'avait beaucoup aimé. Il m'a fallu trois ans pour l'écrire. Trois longues années. Et c'est une toute petite plaquette d'à peine cent cinquante pages! Pour ma défense, je peux dire que je n'écris que le soir, avant de me coucher… Et avec un bébé, souvent, on ne sait pas à quelle heure on se couche! Étienne connaît les grandes lignes de l'histoire, mais c'est tout. En fait, c'est l'histoire d'une femme d'affaires qui rencontre un pâtissier et le coup de foudre qui s'ensuit.

Il n'y a rien d'étonnant à ce que mon roman se déroule dans le monde culinaire puisque c'est mon univers et que je le connais bien. Écrire n'est qu'un passe-temps. J'ai longtemps hésité avant de faire un choix de carrière et, finalement, c'est la carrière qui est venue à moi. Après avoir terminé des études en nutrition, j'ai travaillé avec un chef cuisinier pour l'élaboration d'un livre de recettes. Le concept m'a tout de suite intéressée, car c'était un livre où l'on trouvait des recettes pour parents et enfants.

C'est grâce à ce projet que j'ai rencontré Maggie, une styliste culinaire. Je connaissais vaguement ce métier, mais quand je l'ai vue à l'œuvre, j'ai été fascinée! Je la regardais choisir les assiettes, les bols, les accessoires. Elle utilisait avec une remarquable dextérité une pince à épiler, un petit pinceau, un vaporisateur d'eau ou un bâtonnet ouaté pour créer la composition parfaite des plats à photographier. Il faut être maniaque des détails lorsqu'on fait ce métier. Maggie, qui a un grand cœur, venait de perdre son assistante. Elle m'a prise sous son aile et m'a enseigné les bases sans compter ses heures. J'ai appris le reste «sur le tas», comme on dit! J'adore cet emploi, car il allie cuisine et créativité.

Je travaille encore avec Maggie à l'occasion, mais j'obtiens surtout des contrats pour des agences de marketing, des restaurants, des maisons d'édition, des revues. Quand mon petit Léon était encore bébé, il m'arrivait parfois de le traîner dans une écharpe sur mon lieu de travail. Ce n'était pas l'idéal, mais je me débrouillais!

Alors maintenant, c'est vrai, je peux dire que je suis styliste culinaire ET auteure. Ça fait bizarre. Même si j'écris depuis que j'ai douze ans, je n'ai jamais prétendu être une auteure avant aujourd'hui. Ça mérite du champagne! Mais bon, je ne peux pas fêter ce soir, car Violette vient à la maison pour qu'on travaille son examen de français de fin de cégep qui a lieu jeudi prochain. Ma petite sœur qui finit le cégep, c'est fou! Et dire que c'était presque hier qu'elle avait deux ans et faisait mauvais coup sur mauvais coup entre deux risettes. C'est mon fils qui a cet âge à présent.

Violette est super gentille. C'est elle qui va garder Léon et Emma demain soir, quand Lili viendra souper à la maison. On ira reconduire les enfants chez nos parents, mais c'est Violette qui s'en occupera. Ils ont chacun un petit lit à eux là-bas et ils s'y sentent comme à la maison. Quand on ira les chercher dimanche matin, ils ne se seront même pas ennuyés de nous!

J'entends Étienne qui tourne la clé dans la serrure. Je prends un exemplaire de mon livre et je vais à sa rencontre. J'ai si hâte de lui montrer mon deuxième « bébé »! À l'intérieur, j'ai fait une dédicace tout spécialement pour lui. Je suis convaincue qu'il sera ému. Mais pas autant que moi lorsque je l'ai écrite...

Brownies au Nutella

½ tasse de beurre
100 g de chocolat mi-sucré (4 oz)
1 c. à thé d'extrait de vanille
¾ tasse de sucre
2 œufs
1 tasse de farine
½ c. à thé de poudre à pâte
⅓ tasse + 2 c. à soupe de Nutella
½ tasse de noisettes concassées ou d'autres noix (facultatif)

Préchauffer le four à 180 °C (350 °F). Tapisser un moule de 8 pouces sur 8 pouces (20 cm sur 20 cm) de papier parchemin en laissant ce dernier dépasser de chaque côté. Si vous n'avez pas de papier parchemin, il faut bien beurrer le moule.

Faire fondre au micro-ondes le beurre et le chocolat à coups de 15-20 secondes pour ne pas faire brûler le chocolat.

Dans un petit bol, mélanger la farine et la poudre à pâte. Mettre de côté.

Dans un grand bol, mélanger les œufs, la vanille et le sucre. Ajouter le mélange de chocolat, puis les ingrédients secs et brasser jusqu'à ce qu'il n'y ait plus de grumeaux. Réchauffer légèrement ⅓ tasse de Nutella et l'incorporer au mélange. Ajouter les noisettes si désiré.

Verser le mélange dans le moule. Réchauffer 2 c. à soupe de Nutella au micro-ondes puis, avec une cuillère, faire couler la pâte à tartiner fondue un peu partout sur le mélange. Cuire pendant 30 minutes.

Donne environ 9 gros brownies (ou 16 petits).

Remerciements

À l'hiver 2015, les élèves des collèges Sainte-Marcelline et Jeanne-Normandin ont été invitées à participer à un concours afin de trouver le poème qui serait reproduit dans ce livre. Parmi les dizaines de poèmes reçus, c'est celui d'Angela Nauleau Javaudin, du Collège Sainte-Marcelline, qui a été retenu. Félicitations à l'auteure de *La recette du bonheur sucré*! Et merci à toutes les élèves qui ont soumis leurs créations. Vous avez beaucoup de talent!

Merci à toutes les lectrices (et parfois leur maman!) qui me contactent. J'adore vous lire et vos petits mots me touchent énormément. Je suis fière d'écrire pour vous!

Je tiens également à remercier les membres des Éditions Hurtubise (la merveilleuse Sandrine, Amélie, Arnaud, Alexandrine et les autres) qui m'ont accompagnée dans cette belle aventure de *Cupcakes et claquettes*.

Suivez-nous

GARANT DES FORÊTS
INTACTES

Achevé d'imprimer en octobre 2015
sur les presses de Marquis-Gagné
Louiseville, Québec